■サイレント・コア 姉小路実篤 二等陸曹の装備

東シナ海開戦3

パンデミック

大石英司

Eiji Oishi

C★NOVELS

口絵・挿画　安田忠幸

目次

登場人物紹介

日本

〈特殊部隊サイレント・コア〉

土門康平　陸将補。水陸機動団長。出世したが、元上司と同僚の行動に振り回されている。

〔原田小隊〕

原田拓海　一尉。陸海空三部隊を渡り歩き、土門に一本釣りされ入隊した。今回、記憶が無いまま結婚していた。

畑友之　曹長。分隊長。冬戦教からの復帰組。コードネーム：ファーム。

高山健　一曹。分隊長。西方普連からの復帰組。コードネーム：ヘルスケア。

大城雅彦　一曹。土門の片腕としての活躍。コードネーム：キャッスル。

待田晴郎　一曹。地図読みのプロ。コードネーム：ガル。

田口芯太　二曹。部隊随一の狙撃手。コードネーム：リザード。

比嘉博実　三曹。ドンパチ好きのオキナワン。田口の「相方」を自称。コードネーム：ヤンバル。

吾妻大樹　三曹。山登りが人生だという。コードネーム：アイガー。

〔姜小隊〕

姜彩夏　三佐。元は韓国陸軍参謀本部作戦二課に所属。司馬に目をかけられ、日本人と結婚したことで部隊にひっぱられた。

漆原武富　曹長。司馬小隊ナンバー２。コードネーム：バレル。

福留弾　一曹。分隊長。鹿児島県出身で、部隊のまとめ役。コードネーム：チェスト。

井伊翔　一曹。高専出身で部隊のシステム屋。コードネーム：リベット。

水野智雄　一曹。元体育学校出身のオリンピック強化選手。コードネーム：フィッシュ。

西川新介　二曹。種子島出身で、もとは西方普連所属。コードネーム：トッピー。

御堂走馬　二曹。元マラソン・ランナー。コードネーム：シューズ。
姉小路実篤　二曹。父親はロシア関係のビジネス界の大物。コードネーム：ボーンズ。
川西雅文　三曹。元Ｊリーガー。コードネーム：キック。
由良慎司　三曹。西部普連から引き抜かれた狙撃兵。コードネーム：ニードル。
小田桐将　三曹。タガログ語を話せる。コードネーム：ベビーフェイス。
阿比留憲　三曹。対馬出身。西方普連から修業にきた。コードネーム：ダック。
赤羽拓真　士長。フィールドでのゲテモノ食いに長ける。コードネーム：シェフ。

〔訓練小隊〕
甘利宏　一曹。元は海自のメディック。生徒隊時代の原田の同期。訓練小隊を率いる。コードネーム：ファラライ。

〔民間軍事会社〕
音無誠次　土門の元上司。自衛隊退役者からなる民間軍事会社（PMSC）の顧問。〝ヘブン・オン・アース〟内に滞在していた。

〔西部方面普通科連隊〕
司馬光　一佐。水陸機動団教官。引き取って育てた娘に店をもたせるため、台湾にいたが……。

〈海上自衛隊〉
佐伯昌明　元海上幕僚長。太平洋相互協力信頼醸成措置会議（CICPO）の、日本側代表団を率いる。
河畑由孝　海将補。第一航空群司令。
下園茂喜　一佐。首席幕僚。
伊勢崎将　一佐。第一航空隊司令。

（第一潜水隊群）
永守智之　一佐。第一潜水隊群司令。
生方盾雄　二佐。〝おうりゅう〟艦長。
新藤荒太　三佐。〝おうりゅう〟副長兼航海長。
村西浩治　曹長。航海科。作戦の全般を監督する。原田拓海とは同期で、生徒隊繋がり。

〈外務省〉

九条寛　外務省・総合外交政策局・安全保障政策課係長。〝ヘブン・オン・アース〟日本側の事務方トップ。

〔豪華客船〝ヘブン・オン・アース〟〕

マッティオ・カッサーニ　船長。イタリア人。

ガリーナ・カサロヴァ　〝ヘブン・オン・アース〟の船医。五ヶ国語を喋るブルガリア人女性。

五藤彬　〝ヘブン・オン・アース〟の船医。感染症学が専門の研究者。

是枝飛雄馬　プロオケを目指していた青年。プロオケの先輩から誘われ、〝ヘブン・オン・アース〟に乗り込んだ。

浪川恵美子　是枝が思いを寄せるビオラ奏者。音楽教師を三年で辞めて、奏者に復帰した。

ハリムラット・アユップ　〝ヘブン・オン・アース〟の中庭のワゴンでケバブを売っていた男。

アメリカ

〈陸軍〉

マーカス・グッドウィン　中佐。グリーンベレーのオブザーバー。

〈海軍〉

クリストファー・バード　元海軍少将。太平洋相互協力信頼醸成措置会議のアメリカ側代表団。佐伯昌明元海上幕僚長のカウンターパート。

〈海兵隊〉

ジョージ・オブライエン　中佐。海兵隊オブザーバー。

（ネイビーシールズ）

カイル・コートニー　曹長。チーム１のベテラン。

エンリケ・リマ　大尉。部隊の指揮をとる。

中国

（中南海）

潘宏大　中央弁公庁副主任。

（国内安全保衛局）

秦卓凡　二級警督（警部）。

蘇躍（スゥユエ）　警視。許文龍（シユウェンロン）が原因でウルムチ支局に左遷されたと思っていた。

〈海軍〉

（総参謀部）

任思遠（レンスユアン）　海軍少将。人民解放軍総参謀部作戦部特殊作戦局局長兼特殊戦司令官。四一四突撃隊を立ち上げた。

黄桐（ホアントン）　大佐。局次長。

（四一四突撃隊）

公衛紅（コンウェイホン）　海軍大佐。突撃隊隊長。

鄧一智（トンイーチィ）　中尉。副官。

陶剛強（タオカンチィアン）　中佐。襲撃部隊副隊長。

莫裕堅（モォユウキン）　少佐。機関室襲撃のリーダー。

徐陽（シユイヤン）　曹長。

（〝蛟竜突撃隊〟）

徐孫童（シユイスントン）　中佐。〝蛟竜突撃隊〟を指揮する。

東暁寧（トンシィアオニン）　海軍大将（上将）。南海艦隊司令官。

賀一智（ホヲイーチィ）　海軍少将。艦隊参謀長。

（ＫＪ－600（空警－600））

浩菲（ハオフェイ）　中佐。空警－600のシステムを開発。電子工学の博士号を持つエンジニア。

葉凡（イエファン）　海軍少佐。空警－600機長。搭乗員六人のうちの唯一の男性。

秦怡（チィンイー）　大尉。副操縦士。上海の名門工科大学、同済大学の浩菲の後輩。電子工学の修士号をもつ。

高学兵（カオシュエビン）　中尉。機付き長。浩が関わるずっと前から機体開発に関わっていたベテランエンジニア。

（第164海軍陸戦兵旅団）

姚彦（ヤオイェン）　少将。第164海軍陸戦兵旅団を率いる。

万仰東（ワンヤントン）　大佐。旅団参謀長。

雷炎（レイイェン）　大佐。旅団作戦参謀。中佐、兵站指揮官だったが、姚彦が大佐に任命して作戦参謀とした。兵士としては無能だが、作戦を立てさせると有能。

戴一智（タイイーチィ）　少佐。旅団情報参謀。情報担当士官だったが、上官が重体になり旅団情報参謀に任命された。

（台湾）

頼筱喬（ライシャオチャオ）　サクラ連隊を率いて戦死した頼龍雲（ロンユン）陸軍中将の一人娘。台北で新規オープンした飲茶屋の店主。司馬光が〝チャオ〟と呼び、店の開店を支援している。

王志豪（ワンチーハオ）　退役海軍中将。海兵隊の元司令官で、未だに強い影響力をもつ。王文雄（ワンウェンション）の遠縁。

王文雄（ワンウェンション）　司馬の知り合いで、司馬は「フミオ」と呼ぶ。京都大学法学部、大学院に進み、国民党の党職員になった。今は、台日親善協会の幹部候補生兼党の対外宣伝部次長。

（台湾軍海兵隊）

〔第99旅団〕

陳智偉（チェンヂーウエイ）　大佐。台湾軍海兵隊第99旅団の一個大隊を指揮する。

黄俊男（ホァンジュンナン）　中佐。作戦参謀。大隊副隊長でもある。

呉金福（ウージンフー）　少佐。情報参謀。

楊志明（ヤンヂーミン）　二等兵。美大を休学して軍に入った。

〈空軍〉

李彦（リーイェン）　空軍少将。第5戦術戦闘航空団を指揮する。

劉建宏（リウジェンホン）　空軍中佐。第17飛行中隊を率いる。

シンガポール

〈インターポール・反テロ調整室（RTCN）〉

許文龍（シユウェンロン）　警視正。ＲＴＣＮ代表統括官。

メアリー・キスリング　ＲＴＣＮの次長。ＦＢＩから派遣された黒人女性。

柴田幸男（しばたゆきお）　警視正。警察庁から派遣されている。

朴机浩（パクボムホ）　警視。韓国警察から派遣されている。

イギリス

〈英国対外秘密情報部（ＭＩ６）〉

マリア・ジョンソン　ＭＩ６極東統括官。大君主（オーバーロード）。

東シナ海開戦3　パンデミック

プロローグ

陸上自衛隊特殊作戦群・第一空挺団・第四〇三本部管理中隊、その実特殊部隊〝サイレント・コア〟姜小隊の分隊長、フィッシュこと水野智雄一曹は、いささか難しい立場に置かれていた。率直なところ、これはどう考えてもドツボにはまっているとしか思えなかった。

水野は同僚のトッピーこと西川新介二曹と、南シナ海のど真ん中に置き去りにされていたのだ。

背後には人民解放軍が占領した東沙諸島の東沙島があるが、もちろん島に戻るわけにはいかない。そしてこの島は、中国海軍の大艦隊に包囲されている。沖合を解放軍の偽装漁船がぐるりと囲み、投光器で島の海岸線を照らしていた。水平線上には、大小様々な軍艦も浮かぶ。味方は、もういなかった。

しばらくは解放軍のゾディアック艇が走り回っていたが、潜水艦が去ったことに気づくと引き返していった。

ここにいるのは米海軍ネイビー・シールズのコマンド二人と、東沙島から脱出途中にはぐれた台湾軍海兵隊員五人。うち二人は疲労でかなり弱っている。そして捜索に加わった海兵隊員二人の、計一一人の兵士だ。

予定としては、二個中隊の兵士を海上自衛隊と台湾海軍二隻の潜水艦に収容し脱出するはずだった。作戦名は〝キスカ〟だ。

だがスコールの夜に島を脱出したせいで、落伍者が出てしまった。それを探しているうちに、解放軍が脱出作戦に気づいたらしい。味方潜水艦は水野らを洋上に置き去りにして潜航、脱出するしかなくなったのだ。

現在、水野らは円陣を組んで洋上を漂っていた。まずは疲労困憊の海兵隊隊員の回復を促す必要がある。浮力ベストを着せたので、もう溺れる心配は無いが体力を回復させるためネイビー・シールズ・チーム1のベテラン曹長カイル・コートニーが、自分のハイドレーション・パックからシールズ専用の高カロリーなエナジー・ドリンクを飲ませてやった。

時折、哨戒ヘリが頭上を通過するため、そのたびシュノーケルで水面下に潜らなければならなかったが、この辺りの海水温はそれなりに高い。赤外線イメージで覗かれても、溺者がはっきり映るということはまずないはずだ。

自分たちの周囲は真っ暗だが、洋上には灯りがあった。東沙島の解放軍占領エリアでは投光器が煌々と点っているし、偽装漁船の投光器の灯りもある。

円陣を組む兵士の互いの表情は、辛うじて確認することができた。コートニーたちに従い、迷った兵士の捜索に参加していた二人の台湾軍兵士が仲間を励ましている。

彼らは見上げた兵士だと、水野は思った。そのまま潜水艦で脱出することもできたのに、捜索に参加したことで取り残される羽目になったのだ。

中国海軍は彼らが乗ってきた潜水艦を狩ろうとしていたが、それについては、水野はさほど心配はしていない。

台湾海軍の潜水艦はともかく、海自の潜水艦はそう易々と中国軍にやられはしないだろう。

自分たちの方こそ問題山積みだ。少なくとも、半径一五〇キロから二〇〇キロ圏内は中国海軍が支配し、その上空も当然中国軍が制空権を確保している。この辺りは余りにも浅く、もはや味方潜水艦をおいそれと呼べるような場所でもない。

そして、夜明けが近づいていた。一人二人ならともかく、この人数で漂流していれば、早いうちに気づかれる。

取れる手も多くない。再度島に戻り、島に残った負傷兵らと行動を共にし、明るくなってから人民解放軍に投降するか、ネイビー・シールズのBプランに乗るかの二択だけ。

更にこのBプランとやらは、どう考えても無茶な内容だった。一言でいえば、糞みたいな作戦だ。

「曹長、あなたは中国の偽装漁船の構造をご存じなんですか」

「よく知っているよ。というか、われわれは何隻か持っている。某国で拿捕された偽装漁船を密かに買い取り、中国沿岸部での極秘作戦に使っている。だから、どこから登れるかとか、船内の構造も良く理解しているつもりだ」

「では、本当に可能なんですね」

「フィッシュ、俺や君がこれまでにこなしてきた数々の無茶な作戦に比べれば、どうってことないものだぞ。ベテランのコマンドが四人もいるんだ。乗っ取ること自体は朝飯前だろう。問題はその後だが、それは船上で考えよう」

コートニー曹長とは何度も一緒に訓練していた。彼に従う部下のトニー・ブルーベック軍曹とは初対面だが、曹長自ら選抜したはずだから、その技量を疑う理由はない。

水野は、捜索に加わった台湾軍海兵隊の劉金龍伍長の元まで泳ぐ。

「ミスター。私は自衛隊の水野一曹だ。フィッシュと呼んでくれ。君たちの勇気には、脱帽するよ。あのまま潜水艦に乗っていてもかまわなかったのに」

　呼びかけられた劉金龍伍長は、いきなり北京語で話しかけられたことに驚いたようだ。ウェット・スーツから僅かに覗く顔面にも迷彩ドーランを塗っているせいで、お互い表情すら見えないが、流ちょうな北京語が聞こえてきたことに台湾人は明らかに驚いていた。

「ひょっとして、中国系日本人ですか?」

「いや、日本人だ。北京語は、中華料理屋の女将(おかみ)にみっちり仕込まれた。それより、あなたのことは何と呼べばいい?」

「自分は、劉金龍伍長でありますが、ドラゴンと呼んでください。部隊でもそれで通っている。そして部下、というわけではありませんが楊志明(ヤンヂーミン)二等兵です。美大中退の、アーティストです」

「すみません、伍長。中退ではなく、あくまでも休学です」

　ふたりのやりとりに、水野は声を出して笑って見せた。

「元気で結構! ではドラゴンにアーティスト。ネイビー・シールズがナイスな作戦をもっている。なんと、沖合の偽装漁船を乗っ取るそうだ」

「……マジっすか?」

　二等兵が呻いた。

「本当だ。彼らは、偽装漁船の構造も知り尽くしているそうだが、うまくいくと思うかい?」

「どの道、作戦はそれしかないでしょう。それに、ここに現れた偽装漁船のことなら、自分らだって詳しいです。自分はずっと斥候班を率いて、海岸線から二四時間奴らを見張っていました。乗員の交替の時間、飯の時間も把握しています。この時間帯ブリッジにいるのは、多くても三、四人でしょう。デッキ上に見張りはいないし、登ってしまえばこっちのものだ」

「乗組員は何人くらいいるんだ」

「一〇人前後です。彼らの仕事はただ、われわれを見張りながら、夜に投光器を島に向けるだけです。上陸二日目の夜は、一晩中乗組員が出てきて投光器がきちんと向けられているか操作していましたが、今夜はご覧の通りです」

　確かに、投光器の光は漁船の横揺れに従い波に揺れている。オート・スタビライザーや、人力で操作している感じは無かった。

　漁船は、どれも錨を降ろしていた。舳先はやや大陸側を向いていた。

「俺たちが流されている方向にいる船は、頭に〝蘇〟が付く船号なので、江蘇省で許可を得た船です。もっとも、本物の偽装漁船というのもいて、違法操業している連中はその手のナンバーを拝借するから、本物かどうかはわかりませんが」

「彼らは二四時間ここに？」

「そうですね。最大でも二四時間で交替してます。短いと、一二時間。あの船は、夕方暗くなる前に交替した。暗くなってしばらくは、投光器に集まってくるイカを釣っていましたよ」

「フィッシュ、兵隊が元気になったみたいだ！　円陣を崩して泳ぐぞ。君が後ろから暗視ゴーグルで落伍者を見張ってくれ」

　コートニー曹長が命じてきた。

「シールズ隊員が飲んでいるハイドレーション・パックのドリンク、あれ、怪しいですよね……」

　劉伍長が水野の隣で囁く。

「同感だ。レシピは秘密だそうだけど、何らかの興奮剤が入っているだろう」

水野らも特製のドリンクを持ち歩いていたが、一般的なスポーツ・ドリンクをさらに濃縮した程度のものだ。

その後、全員が一直線になってシュノーケルで泳ぎはじめた。目指す偽装漁船までは、一五〇〇メートルはある。投光器の光芒を避けて少し回り込むので、実際に泳ぐ距離は二〇〇〇メートルほどだろう。決して短い距離ではなかったが、どうにかなった。

船腹に取りつくと、コートニー曹長が細いロープを舷側に投げて引っかける。そして、まるで重力など存在しないかのような身軽さで上っていった。後続は、船上から投げられた漁網を伝う。

行動は、全員が甲板に上がるまで待った。投光器を動かす発動機も回っているため、船上は予想より煩い。そして、やたらと眩しかった。そのせいで、文字通りの灯台もと暗しの状況に陥っていた。

「フィッシュ、ちょっと芝居がかったことを思いついたんですが」と、後部マストの陰で劉伍長が提案してきた。

「船内を制圧したら、シールズの曹長殿に、俺を怒鳴りながら殴るように言ってください。それを船員たちに見せた後に、自分が彼らに『アメリカ人は何をしでかすかわからない。実は洋上でも仲間を見捨てた。些細なことでも発砲するから、今は大人しく従った方がいい』と吹き込みます」

「それ、いいかもね。提案してみよう」

ブリッジには、ほんの三人の乗組員が詰めていただけで、しかも全員がシートの上でうとうとしていた。船室に降りて寝ていた者たちを起こし、船長以下を船室へといったん降ろした。

示し合わせた通り、コートニー曹長は段々と不機嫌に、そして早口で怒鳴りはじめると、狭い階段の上から劉伍長に殴りかかった。伍長は転げるように船室へと落ち、北京語で何かを言った後、黙り込んだ。

武装漁船の乗組員には、それで十分だった。滅多なことはしない方が安全だと、全員が認識したのだ。

海兵隊員に監視を任せると、コートニー曹長はまずレーダーを覗き込んだ。

「まずは、何をしますか」と水野が聞いた。

「服が欲しいね。アメリカ人のサイズでなくていいから、乾いたTシャツと短パンの一つもあれば助かる。サンダルに、最近は中国人もコーヒーを飲むんじゃないかな。紅茶でもいいが、お茶でも飲んで頭をクールにしよう。飯も欲しいがね。落ち着いたら、船長だけ上がってもらい、いろいろ考えたい。しかしこの投光器があるし、外は何も見えないぞ」

まるでイカ釣り船の漁り火のように明るい。船の外を照らしているはずなのに、ブリッジの中まで明るくしていた。

「君らもシャツを借りた方がいいな。水平線上の軍艦から、望遠で覗いているかもしれない。どの道、夜明けまでは動けない」

「なら、もうその時ですよ」

水野は東の空を指さした。水平線がうっすらと明るさを取り戻しつつある。夜明けが迫っていた。哨戒ヘリに続いて、対潜哨戒機も現れて上空を舞いはじめた。

味方潜水艦が無事脱出してくれることを、今は願うしかなかった。

人民解放軍は、完璧な奇襲作戦でもって南シナ海に浮かぶ東沙島に上陸した。そこは台湾が実効支配する島で海兵隊が駐留していたが、勝敗は早々と決し、台湾軍海兵隊は島の端の林に逃げ込むしかなかった。

孤立した部隊を救出するために、台湾海軍、自衛隊、そしてアメリカ軍の共同作戦が実行され、兵士のほとんどが島を脱出することができた。

だが彼らの脱出は早々に察知され、解放軍は二隻の潜水艦を必死に追いかけていた。

そこから台湾本土を挟み、尖閣諸島では台湾軍が報復として中国の海警艦五隻を撃沈していた。

さらに上海では、入港寸前の豪華客船でバイオテロが発覚し、船内では疫病（えきびょう）が拡大した。

世界は、大戦への階段を着実に上がっていた。

第一章　脱出

　タイプ055型駆逐艦の一番艦〝南昌（ナンチャン）〟（一三〇〇〇トン）では、南海艦隊司令官の東暁寧（トンシィアオニン）海軍大将（上将）と、艦隊参謀長の賀一智（ホライーチィ）海軍少将が、出頭した万通（ワントン）大佐を伴い艦隊情報センターを出て隣の作戦室へと入った。

　艦隊情報センターはあまりにも煩く、微妙な会話をするのに適しているとは思えなかった。

　ウイングマークをもつ万大佐は、艦内でも飛行服を着ている。艦隊対潜参謀の肩書きを持ち、要するに、この艦隊に接近を試みる敵性国家の潜水艦を狩り、接近を阻止するのが仕事だった。

　参謀長が大型モニターを点けると、画面に艦隊の配置や航空機の情報が表示された。

　東提督は、怒ってはいけないと自分に言い聞かせていた。これは、不可抗力だ。そもそも我が海軍には、潜水艦を狩る能力は無い。少なくとも、昨日まではそうだった。

「……大佐、私だって我が海軍の対潜能力がそれなりの水準にあるなどとは思っていない。だが、これはいくら何でも想定外だ。艦隊のど真ん中に敵の潜水艦が現れたなど」

「はい、提督。こういう状況を想定されていなかったことは、事実です。われわれが事前に想定したのは、艦隊の外周に接近した敵潜水艦がミサイル攻撃を仕掛けてくることでして、そのために対潜網はもっぱら艦隊の外縁部に集中しておりました。そこを一度突破されたら、探知する術はありませんでした。そもそも、敵潜はいない前提での配置でしたから」

「しかもその変温域を発見したのが、哨戒機ではなく早期警戒機だったというのも、何だかなぁ。みっともない話だ」

「おそらくスコールに紛れてエンジンを始動し、バッテリーの充電を目論んだのでしょう。試しに哨戒ヘリで上空を飛んでみましたが、哨戒ヘリのサーマル・センサーは、その温度差を検知できませんでした」

「参謀長、問題は何だと思う」

「はい。まず、目的です。その目的如何によって、われわれが狩るべき潜水艦は一隻なのか二隻なのかが決まります」

「増援部隊を送り込んだ可能性があるとか思うか。食料や武器弾薬を密かに陸揚げしたとか？」

「部隊は無いかと。台湾軍の残存兵力にすら、あの林は狭すぎます」

「間もなく夜明けだが、陸兵を出し林を捜索するにはまだ時間がかかる。敵はそこら中にブービー・トラップを仕掛けたはずだから、捜索にはさらに時間もかかるだろう。やはり、これは脱出だ。その南北に分かれた部隊が、そのまま脱出した。その場合、一隻ではない。もう一隻は、日本の潜水艦ということでいいな？」

「はい、間違いありません。おそらく、リチウムイオン搭載の最新型でしょう。一〇日ほど前ですが、オーストラリア海軍との共同訓練のニュースがあちらで流れました。訓練が終わって帰還途上にあれば、この海域に近づく頃です」

万大佐がそう報告した。

「海兵隊兵士全員を脱出させるには、最低二隻が必要だ。だが、どうして誰も気づかなかったのだ？　全員を素早く収容するには、浮上するしかない。近くでは漁船だってレーダーを出していた。あれほど大きな司令塔が、レーダーに映らなかったはずもない。水平線上で警戒しているフリゲイトのレーダーにだって映るだろう」

「謎ですね。陸上からの監視の眼もあったのに、まさか潜没状態で兵士を収容したとも思えませんし。本当に、脱出はあったのでしょうか」

「何のために危険を冒してここまで来たのだ？　そして問題は、日本だ。日本が介入した証拠が得られれば、政府は外交的に日本に強く出られるだろう」

「撃沈してよろしいのですか」と、万大佐は怪訝そうな顔で訊いた。

「もちろんだ！　日本の潜水艦を撃沈できれば、中国海軍の対潜能力が世界水準に達したことを誇示できる。君は、嫌なのか？」

「いえ。そういうことではなく、そもそも撃沈できる可能性は高くありません。あれは静かで、磁気反応も最小。発見すら至難です」

「では、台湾軍の潜水艦ならば発見できるか」

「可能性は、高いかと。艦齢三〇年を超え、消磁作業もやっているようには思えません。昔ながらの鉛電池で、潜航状態では速度も出ない。ここは、台湾軍潜水艦に的を絞るべきです」

「君は、見つかると約束できるかね？」

「残念ながら、確約はできません。提督、我が海軍は今世紀に急拡大しました。この一〇年だけでも空母三隻、駆逐艦三〇隻、フリゲイト二〇隻、コルベット七〇隻もの軍艦を建造した。しかし軍部は、なぜか潜水艦や哨戒機に関しては冷淡です。潜水艦の増勢の計画は始動したものの、まだ緒についたばかり。五〇隻からの潜水艦をもっていることになっていますが、どれも前世紀の旧式艦ばかりで、稼働状態にあるのは僅か。それは海上自衛隊の潜水艦の稼働数にすら及びません。われわれが四発機の対潜哨戒機をモノにしたのはつい最近のことで、その量産ラインが稼働しはじめたのも二〇一五年です。今、稼働状態にある哨戒機をかき集めていますが、システムも乗員の練度もまだまだです。日米の哨戒機のレベルを大人だとしたら、われわれはまだ小学生。このタイプ055の駆逐艦が今ここに二〇隻いたとしても、役には立ちません。そもそも、これら駆逐艦は味方潜水艦を相手にした対潜訓練を行ったことは一度もありません。教育訓練の際、潜水艦を探知した時の音紋データを見て、これが潜水艦が発するノイズの波形だ、覚えておけと言われただけで乗り込んでいる。この艦隊で、実際に潜水艦を探知したことのある駆逐艦やフリゲイト、その乗組員はおそらく一隻も、一人もいないはずです」

「あっけらかんと言ってくれるものだ。それはわれわれわれの責任なのか？」

「提督は長年、米海軍を研究なさっていますのでご存じのはず。彼らは対潜哨戒が為されていない海域には空母を入れないし、戦闘機が上空警戒する下では必ず哨戒機が飛んでいる。でもわが国は、水上艦の建造にあらゆる資源を注ぎ、対潜哨戒は後回しになった。どこの海軍でも、潜水艦屋や飛行機乗りの発言力は低い。空母機動部隊をもつからには、対潜哨戒能力ありきだということを、もう少し早く気づいてほしかったとは思います。……しかし、われわれは結果を出さねばなりません」

万大佐は一歩踏み出て、モニターを上から下へと指でなぞった。

「この配置地図は、東沙島を中心に描かれています。東沙島はご存じのように大陸棚の端にあり、非常に浅い海域で、潜水艦が遊弋するには全く不向きな深さです。潜水艦活動に適した深度一〇〇〇メートルの南シナ海に出るまで、最低でも一〇〇キロ。深度四〇〇メートルに脱出するにも五〇キロはあります。この駆逐艦ならほんの一時間の距離ですが、バッテリーで進む通常動力型潜水艦にとっては気が遠くなるような距離です。三ノットで進んだとしても、一八時間、九時間もそれぞれかかる。五ノット出せたとして、一〇時間と五時間です。それも真っ直ぐ進めてのことですが。彼らが、東沙島を脱出してから三時間ですが、少なくとも台湾の潜水艦はまだこのライン上にいるはずです。まだわれわれの勢力圏内にいて、おそらくは深度一五〇メートル前後の海域を進んでいる。間もなく、陽が昇ります。われわれはこの潜水艦を、まず目視で発見します。天候次第ですが、太陽が真上にくる時間となれば、海中もそれなりに透けて見えるでしょう」

「潜水艦を、肉眼で探す？　うちの海軍は、まだそのレベルなのか？」

「はい、残念ながら。それに、水上艦も多数動いているので、その雑音の中から潜水艦の推進機音を探すというのは、われわれの今の練度では不可能です」

「これは、日本の潜水艦も同様なのかね？」

「いいえ。おそらくリチウムイオン電池だと、一〇ノットは易々と出せるはずです。ひょっとしたら二〇ノット出して、今頃はもう深度四〇〇メートルの海域に脱出しているかもしれません。もちろん、そこでも発見できる可能性がゼロというわけではありません。それに、他にも手は打ってあります。さほど兵士の練度を必要としないシステムを装備した哨戒機を、今呼び寄せているところです。ここ――左上に識別コードが出てきたY－9X哨戒機です。こちらは今、量産中のY－8Qよりいろいろと新しい試みがありますので、役に立つことでしょう」

「どんな試みだね」

提督はその詳細を知りたがった。

「いわゆる、LiDARを搭載しています。本来は地上で使うものですが、レーザーで海表面の高さを読みとります。巨大な潜水艦が水面近くを航行すると、排水効果で水面が僅かに盛り上がる。われわれの大陸棚の浅い海では、潜水艦は水面近くを航行するしかないので、これで日米の潜水艦の接近を拒絶できる。味方の原潜を相手に試験を繰り返したところ、良い成績を収めました。これは、クルーの練度に左右されません。ソフトウエアだけで結果が出る」

「いいではないか。何か問題でもあるのか？」

「はい。原潜は、それなりに大型です。しかし、通常動力潜水艦は小さいし、台湾海軍のものはさらに小型だ。残念ながら、味方の通常動力潜水艦相手では完璧な結果は出せませんでした。いろいろ条件が厳しくなる」

「ああ、理屈はなんとなくわかる。成功することを祈ろう。もし水上艦では探せないと大佐が断言するなら、水上艦を海域から遠ざける」

「それをお願いすることになるかもしれませんが、まずは通常の対潜活動での発見に努めます」

「……なるほど。君たちの言い分も了解した。この戦争が片付いたあかつきには、予算と人員の配分に関し、それなりの配慮がなされるよう働きかけよう」

「恐縮です。最善を尽くします」

万大佐としては、方法の如何を問わず、発見する自信はそれなりにあった。

だが、機体に乗ったベテランの対潜員をかき集めてはじめて可能になる作戦だ。これらの機体は大陸沿岸部を飛び立ち、まだ向かっている最中だった。

哨戒機など旧式のターボプロップ機で十分だと思っていたが、西側はアメリカ海軍にせよ日本にせよ、哨戒機はターボファン・ジェットに進化した。つまりジェット機だ。

外洋型海軍に脱皮して中東のオイルロードを守ろうとするなら、うちもジェット機の哨戒機を導入せねばなるまいと大佐は考えていた。

昨日までは、願うだけで実現性の無い話だったが、明日からは状況も変わるだろう。

中国海軍のKJ－600（空警－600）早期警戒機は、H－6UD空中給油機から空中給油を受け、しばらく東沙島西方空域に留まっていた。

東沙島沖の変温水域を発見したのは、彼らだった。正しくは、彼女たちの乗る機体だ。機長一人だけが男性で、他は全員女性兵士で構成されたチームだ。

指揮をとるのも機長ではなく、この機体のデュアル・バンド・レーダーを開発した浩菲（ハオフェイ）中佐だった。

彼女は今コクピット背後の指揮管制席にいて、胴体下から出たEOセンサーの可視光映像を眺めていた。

水平線上には、太陽が姿を見せようとしていた。そして前方からは、Y－9X哨戒機が接近しつつある。これは彼女たちが出発した人民解放軍寧波（ニンポー）海軍飛行場で、ともに実験を繰り返している機体だ。

海軍はY－8哨戒機をこのY－9に入れ替えよ

うと目論んでいるようだが、日米がともにターボファンのジェットを哨戒機として運用している以上、われわれもジェットで代替すべきだ。しかし残念ながら、中国には洋上哨戒が可能な手頃なジェット機はなかった。

Ｙ－９Ｘには時々一緒に外食し、開発のアイディアを出し合っている同僚が乗っているはずだ。その機体が今、レーダーに映っている。

向こうはまだしばらく給油の必要はなさそうだとみた浩中佐は、Ｙ－９Ｘが十分に接近すると、しばらく並走して飛ぶようパイロットに命じた。そして無線で呼びかけた。

Ｙ－９Ｘを指揮する鍾桂蘭（チォンクイラン）海軍少佐は、浩中佐と同じレーダー屋だ。彼女もＡＥＳＡレーダーの専門家で、哨戒機へのＡＥＳＡレーダーの搭載を目指していた。それはまだ日本でしか実現されていない。

もしこれが標準装備として哨戒機に乗れば、早期警戒機など必要無くなる。哨戒機のレーダーで、空中哨戒も実現できるのだ。

「中佐の機体が変温域を見つけたんですって？」

と、彼女は開口一番尋ねてきた。

「そうよ。残念ながら、それ以上のことはできなかった。あなたの機体のＬｉＤＡＲが無事に動くようなら、潜水艦が大陸棚を脱出する前に見つけて頂戴な」

「そうしたいわ。でもうちの機体、自慢できるのはＡＥＳＡやＬｉＤＡＲだけじゃありませんからね。ソノブイを含め、対潜システム一式が更新されているから、たとえ深いエリアに逃げられたとしても、探し出す自信はありますよ」

「見つけたら、基地で一杯奢る」

「それ、乗りました。浴びるほど飲ませてもらいますから！」

「了解。われわれはあと数時間ここに留まり、いったん休憩に戻ります。二度も空中給油したから、もうみんなくたくたよ」

「寝ててください。どうせ、敵潜を発見できるのは私の機体だけです。ここに何十機、水上艦部隊の哨戒ヘリを投入しようが結果は出せませんよ」

「では、よろしくね――」

浩は、そのままコンソールに突っ伏して寝そうだった。シートを改造し、リクライニングができるようにする必要があるなと考えた。

空中給油により、機体は二日でも飛び続けられるが、搭乗員の集中力と体力はそれほどもたない。とりわけ集中力は大切だ。

空では、ほんの一瞬の遅れが命取りになる。

集中力の維持は欠かせないが、出撃二日目にして、みんなはすでに限界を迎えていた。

昨日の日中、半日をかけてシステムの最終確認を行い、日没直後に離陸し、洋上哨戒した帰りに上海沖で乗っ取られた豪華客船の襲撃を上空から見守った。

作戦は事実上失敗したが、休む間もなく南へと飛び、東沙島攻略に参加したのだ。

ようやく基地に戻れると思い引き返したところに、洋上の変温域をおまけのEOセンサーで発見したのだ。

この機体は、レーダーで戦場の空域を監視するのが主任務であり、EOセンサーはおまけだと言われていた。

浩としては不可欠な装備だと考えていたが、それに同意してくれる人間は多くはなかった。

だがこれで納得するだろう。

何しろ旧型とはいえ、同じくEOセンサーを装備する哨戒ヘリや哨戒機で見えなかったものが、空警機のそれでは見えたのだから。

サイレント・コアの水野一曹は、乗っ取った漁船の中で、ウェットスーツを脱いだ。船員のTシャツと短パンを身につけ、デッキ上の装備と、無線やレーダー関係も一通り確認した。

船体は錆びだらけだが、レーダーは日本製の最新式だった。魚群探知機も日本製。潜水艦も探知できるほどの性能だ。これには驚いた。

無線機はもちろん秘話回線付きのデジタル無線機で、衛星無線まで備え付けられていた。

台湾軍海兵隊兵士から聞いたところでは、偽装漁船といっても本業は漁業なので、軍からもらった補助金で、最新式の装備を買い込んでいるとのことだ。

その後、台湾軍兵士がキッチンにあるあり合わせ食材を使い、チャーハンを調理してくれた。昨夜釣ったイカで煮物も作ったらしい。こちらは腹の足しにはなるが、カロリーは知れていた。

四〇歳代後半の船長は、起こった事態に迷惑そうな顔をしていたが、船と乗組員を無事に返してくれれば文句はないと言った。軍はこの船が破壊されても、たいした慰謝料は出してくれない。とにかく言うことを聞くから、船だけは傷つけるなと言うと、ブリッジの床に大の字になって寝てしまった。縄で縛ってはいないので、見張りは置いた。

船長の椅子に座ったコートニー曹長は、チャーハンの皿をあっという間に平らげた。

「やっぱり東洋人は米だよね！　実は俺、八分の一ほどアジア系の血が入っているらしいんだよ。昔、大陸から渡ってきた先祖の一人がチャイナレイクで働いていた。ホウ砂を掘っていたらしい。つまり俺は、中国系アメリカ人ってことだな」

食事を終えた曹長は、衛星携帯で部隊長と連絡を取る。エスケープ・プランを練ると伝えられて、機嫌が良かった。

水野は、潜水艦のことが気がかりだった。空は雲がところどころ見えるが、日が差している場所もある。太陽が昇れば、この深さの海なら潜水艦の船体は必ず反射する。おそらく、上空からは丸見えになるだろう。そんな中で、何時間もかけて脱出しなければならないのだ。

「台湾海軍の潜水艦は、どんな感じでしたか?」

「フィッシュ、何度も言うが俺は心配していない。あの状況下でエンジンを始動したのは拙かったが、彼らはそうするしかなかった。船長はベテランだし、副長がまた良いんだよ。なんと、女性の中佐殿なんだ。発令所に入ったら、どこからともなく香水の匂いが漂ってくるわけよ。驚いたね。照明は暗視モードだから顔はよくわからないが。聞いたら、とにかく潜水艦に乗りたくて頑張ったようだ。潜水艦に乗り組んでいる女は、彼女一人らしい。おっと、脱線したが、艦長は熱心に計算していたよ。バッテリーの残りと航走距離をね。艦長に聞かれたんだよ。バッテリーを充電するためにスコールの下でエンジン始動したいが、同意してくれないかと。彼はそうすることの危険を誰より理解していた。だが俺は、それは艦長たるあなたが判断すべきであり、自分の立場であれこれ言うつもりはないとはっきり言った。まあ、運は無かったが、彼らなら逃げ切れるさ。そもそも日本の潜水艦は、とっくに脱出した頃だろう?」

「一隻でも脱出できれば、〝キスカ作戦〟は成功と言えるでしょうが……」

「まさか! 二隻とも無事でなきゃ困る。台湾軍の潜水艦には、俺の部下も乗っている。沈むのは困るんだ」

「なら、米軍が助けにきてくれるのではないですか」

「さすがに、それは無理だろうな。空母機動部隊は遥か彼方だ。空軍の戦闘機も、嘉手納からはあまりに遠い。あとは、台湾軍に飽和攻撃を仕掛けるだけのミサイルが残っているかどうか。だが、たかだか一個中隊の歩兵と潜水艦一隻を救うために、全航空戦力を投入するだけの価値があると判断するか……」

だが、この時彼らは知らなかった。

台湾軍潜水艦と日本の潜水艦が、事実上ともに行動し、脱出を計っていたことを——。

海上自衛隊第一潜水隊群そうりゅう型潜水艦十一番艦〝おうりゅう〟(四二〇〇トン)は、東沙島から南南西二〇キロの深度一〇〇メートルの辺りを潜航していた。

前方七〇〇〇メートルには、台湾海軍の潜水艦〝海龍〟(二六〇〇トン)がいた。元はオランダのズヴァールトフィス級潜水艦で、就役からすでに三〇年以上が経過したものだ。そろそろ退役を考えていいものだが、台湾ではようやく次級の建造がはじまったばかりである。

〝おうりゅう〟の艦内は、立錐の余地も無かった。台湾軍海兵隊員を二〇〇名も受け入れたせいで、通路に座り込む者もいれば、遠泳で体力を使い果たした兵士は乗組員の蚕棚で眠っていた。

薄氷を踏むような作戦だが、米軍から提供された光やレーダー波を吸収する極秘シートのお陰で、探照灯やレーダーに照らされ、完全に浮上した状態でもその存在を察知されずに済んでいた。

だが脱出は至難だ。兵士を収容中、台湾の潜水艦がバッテリー充電のためにエンジンを動かしたことで存在が露呈した。日本側はその気になれば二〇ノットで脱出できるが、台湾の潜水艦はそうはいかない。しかも〝海龍〟は小さな艦に海兵隊員を収容するため、搭載していた魚雷やミサイルのほとんどを遺棄していた。戦う術も無い。

そのため、いざという時に備えて〝おうりゅう〟がエスコートについていたのだ。

発令所には、その海兵隊を率いて戦っていた部隊の指揮官らもいる。ここから出ていってくれとも言えなかった。

海兵隊員は、明らかに空腹状態だった。温飯を提供したかったが、今は燃料の一滴は血の一滴。バッテリーは極力温存しなければならない。

冷蔵庫は開けられないし、電磁調理器も使えない。水と戦闘時用のビスケットの類しか出せなかった。

艦内の気温も調整できないため、事前に乗組員に使用前の着替えを提供させた。士官にだけは、それなりの作業着を用意した。

台湾軍海兵隊を率いる第99旅団〝鐵軍部隊(アイアン・フォース)〟の陳智偉(チェンヂーウェイ)大佐と呉金福(ウージンフー)少佐は、乗り組んだ直後は海図台の傍で、海域の海中状況に関してアドバイスをしてくれた。

深さが一五〇メートルを過ぎるとようやく発令所から離れ、パンツ一丁で逃げ延びてきた兵士らに着替えと食事を許可した。それまでは、咳一つするな、ただその場でじっと座って耐えろと命じていたのだ。

全員が毛布一枚を被って体育座りしている。はじめの三時間はぞっとする経験の連続だった。船体を叩くピンガー音が四方八方から聞こえてくる。そして艦は、右へ左へと舵を切っている。

外も見えないのに、自分たちがどこを走っているか把握できるのはミステリーだと大佐らは思った。

だが他にも不安の種は山ほどあった。この日本の潜水艦にとって〝海龍〟は明らかに足手まといになっているし、発令所にいてわかったのは、指揮官と艦長の関係がしっくりきていないということだった。

第一潜水隊司令の永守智之一佐が「ちょっと休むよ」と発令所から下がってから一五分後、艦長の生方盾雄二佐も「副長、あとを頼む」とスキップシートから腰を上げた。代わって副長兼航海長の新藤荒太三佐がスキップシートに座る。

艦長が自室に戻ると、永守がポットに入ったコーヒーを飲んでいるところだった。それもすでに電源が抜かれているので、ぬるま湯状態だ。

「勝手にもらっているよ。君は過去二四時間、コーヒーを何杯飲んだか覚えている？」

「まだ一〇杯はいってないと思いますよ。七杯前後じゃないかな」

「変だと思わないか？　艦長には個室があるのに、それより階級が高い司令が二人部屋だなんて」

「この一人部屋を失うかと思うと、出世も考えものですよね」

「なあ、われわれには意見の相違があるが、陳大佐はこれに気づいているよな」

「でしょうね。でも正直、ゲストに構ってなどいられない。それに、われわれの意見の相違は、立場の違いによるものですし」

「まあな……」

艦長は、机の引き出しを開いて、眠気覚ましのドリンクを一本取り出して開封した。

「台湾軍の潜水艦を、どう思う？」

「正直、驚いています。あんな状況下でエンジンを回すなんてどんな迂闊な艦長だろうと思ったが、脱出は見事だ。この舵の切り方は、明らかに旧海軍なり米海軍の指導が入っている。あれを追いかけるのは、中国海軍の今の練度では難しいでしょうね。三時間前は共倒れすると覚悟してましたが、今は少し考えを変えました」

「ああ。とはいえ、中国海軍も馬鹿じゃない。素人(しろうと)同然とはいえ、装備もそれなりだ。包囲網は確実に狭まってくる。幸運は、そう長くは続かないだろう。いざとなったら、われわれが囮(おとり)になる」

「その価値があればいいですが。この深度で一発食らったら、誰も助からない」

「海幕は、その程度のことは覚悟の上だろう。哨戒機を撃墜されたことで、頭に血が上ったんだな。私は、艦の性能も、乗組員も信じている。もう少し自信をもて。顔に出ているぞ」

「……この部屋が懐かしくなることはありませんか？」

永守は、すでにそうりゅう型の艦長を二度務めていた。一方の生方艦長は、この艦への配属は二度目だが、初の艦長任務だ。

「この部屋は広いが、消費者金融にはまっている乗組員や、陸(オカ)に残した奥さんの浮気を心配するクルーを励まして船乗りとしての人生を終えたくはないぞ。これは、そういう責任を負える者のための部屋だよな。二度もやったんだ、三度目はもう勘弁してほしいよ」

「では、発令所に戻りましょう。昼まで頑張ったら交替してもらえますか。今にも瞼(まぶた)が落ちそうだ」

「お安いご用だ。何なら、先に寝るぞ。君が楽になるなら」

「いえ、正しい判断ができるかどうか自信がない。お目付役がいてくれた方が、クルーも安心するでしょう」

二人で発令所に戻ると、陳大佐が話しかけてきた。

「……大佐、行きがかり上ここにお招きいただいたが、どうも居心地がよろしくない。それに、まだまだ神経がすり減る状況が続くようだ。われわれがいない方が集中できるでしょう。兵の元に下がってよろしいですか」

「お気遣いいただき、恐縮です。そうだ、指揮所が必要ですよね。士官公室を使ってください」

「いいえ、それには及びません。そんな贅沢は望まない。ただ、精神的に不安定な兵士が何人もいます。潜水艦に乗り込んでやっと助かったと思ったら、音を立てるな、くしゃみひとつするなと言われてもう数時間。そろそろブチ切れる奴が出る頃です」

「くしゃみくらいなら、問題ありませんよ」

「ですが……島では銃を使って何人か自殺しました。そのせいで、全員の銃からマガジンを抜かせたほどです。神経が参った輩が、何かの金属部品を奪い、突然船体を叩いたりするかもしれない。彼らを自分の監視下に置いておきたいのです」

「それなら、科員食堂を使ってください。残念ながらもうしばらくは、お茶一杯お出しできないが」

「構いません。そこに指揮所を開かせてもらいます。バッテリーなど重要区画に陣取っている兵士たちには、それなりにメンタルが強い下士官を配置し、不測の事態に備えさせています。何があっても、素早く対処できるように」

「わかりました。戦場の過酷さは、われわれには想像もできません。早く危険なエリアを脱し、温かい食事を出せるよう最善を尽くします。あと、滅多にないことですが、三次元機動に備えるよう兵士たちに伝えてください。二〇度を超えるような傾斜は滅多にありませんが、念のために」

「そういう時は、危ないと判断していいのですか」

「残念ですが、相当にクリティカルな状況に陥っているということになるでしょう」

「信じていますよ」

陳大佐と呉少佐は、発令所の全員に敬礼してから科員食堂へと下がっていった。

永守は操舵席の後ろに立つと、まず速度と針路、潜行深度を確認してからチャート・デスクに歩み寄った。

航海科の村西浩治(むらにしこうじ)曹長が、若い科員がチャートに書き込む様子を横で監督していた。村西自身まだ十分若いのだが、生徒隊上がりなのでキャリアとしてはもうベテランといえる。

「どんな案配だ」と、永守は村西に訊いた。

「〝海龍〟は、剛毅な艦長ですね。三時間も走っているのに、一度も全周警戒(バッフル・クリア)をやりません」

「それは、私でもやらんね。ケツに誰かがついていたら、それは攻撃されるということを意味する。こういう状況下で背中の気配を案じてもはじまらない。貴重なバッテリーと時間を無駄にするだけだ。あの艦長は、できる男だ。会ってみたいね」

チャート上には、付近の水上艦艇も書き込まれていた。ただしこれらは全て推進機音をキャッチできたものに関してだけ。止まっている船は、当然聞こえない。

海自艦隊で潜水艦狩りを行ったら、追い立てる猟犬を配した向こうに、一隻だけ狙撃手を潜ませる。中国海軍にそんな知恵があるかどうか。

「三隻か……。粗野だが、持っている武器は潜水艦を殺せる」

「ご心配なく。この任務を無事にやり遂げて、孫子の代まで語り継ぎますから」

中国の水上艦は、どれもここ一〇年間に就役した新鋭艦ばかりだ。搭載している武器は立派で、ソナーの性能は未知数だった。

そして主機が立てる騒音は、西側のレベルの静粛度には遠く及ばない。

潜水艦も出ている可能性はあったが、おそらく今はいないだろう。

誤射の危険があるからだ。

大陸棚が切れるまで、まだ数時間の忍耐が必要だった。

Ｙ－９Ｘ戦術航空士の鍾桂蘭少佐は、丸窓のシャッターを少し開けて洋上を見た。今は、どんよりと曇っている。

少なくとも天気は解放軍に味方しなかった。

暗いせいで水面下は全く見通せない。目視で発見するというロートルな手段は、使えない。

そして頼みのＬｉＤＡＲにも反応が無い。

最初は、台湾本土に近い北側へと脱出したのだろうと考えた。だが未だに反応が出ない。改良型の対潜システムを搭載したＹ－８Ｑ哨戒機三機も飛んでいるが、それらも何も発見できていなかった。

してやられたと思った。

敵は、捜索が北側に偏ると踏んで逆に南側へと脱出したのだろう。そちらももちろん捜索はしていたが、北側の半分の密度しか無かった。

時間を無駄にした。間に合えばいいが……。

鍾少佐は、今は編隊長機としてＹ－８Ｑ哨戒機の指揮を任されている。一機をここに残し、残る二機を伴い南側海域へ移動するよう命じた。

搭載しているソノブイも、半分使い切った。

せめてもう一時間早めにこのエリアから引き揚げるべきだったのだ。

台湾軍潜水艦では辿り着けないだろうラインま

で捜索して時間を潰す羽目になった。
何もかも、自分が未経験なせいだと恥じて後悔した。
これだから女のエンジニアは、と馬鹿にされる。
なんとしても挽回せねばと決意した。

第二章　苦い勝利

豪華客船〝ヘブン・オン・アース〞号（一三〇〇〇〇トン）は、足摺岬沖を航行中だった。

海上保安庁の四隻の巡視船と、中国海軍の公船として日本政府が領海通過を許可した海事局の大型海事巡視船〝海巡09〞（一三〇〇〇トン）も随伴している。

〝海巡09〞は、海上保安庁の一番大きな巡視船の優に二倍以上の大きさがあったが、客船の方があまりにも巨大なため、全く目立たなかった。

客船内には、およそ二〇〇〇人の乗客と一五〇〇名からなる乗員が乗っていた。テロリスト集団にシージャックされたのは上海寄港時で、解放軍は上海沖で奪還作戦を試みたが失敗していた。

船内に分隊規模のコマンドを送り込むことには成功したが、残念ながらテロリストの方が手数が多かったのだ。

それが前夜の出来事だった。

客船は何事も無かったかのように航海を続け、明け方には日本領海に入り大隅海峡を越えた。行き先の意思表示は無かったが、神戸か東京だろうと思われた。

更に、やっかいな問題も発生していた。

もともと調理部門のスタッフとして乗船していたウイグル人の亡命者グループが、船内で中東呼吸器症候群(ERS)ウイルスの変異株をばらまいたのだ。

最初の患者は昨日発症し、時間を追うごとに感染者が増えている状況だった。

この客船は、コロナ禍で疲弊した客船業界を救うという名目で特別な集団を乗せている。

太平洋相互協力信頼醸成措置会議(CICPO)の各国代表団が乗り込んでいたのだ。

連日、彼らは会議を開いていた。呼びかけたのはアメリカ国務省で、金を出したのは日本政府。ロシアや中国の代表団も乗っていた。

シンガポールを出発地点とした旅で、退役した軍人や外交当局の若手外交官らが乗り込み、日中はセミナーや討論会、夜はパーティに明け暮れていた。

これまでハノイ、香港に寄港し、上海から神戸へと向かう予定になっていたその途上で、シージャックされたのだ。


〝ヘブン・オン・アース〟号には、二人の船医がいた。外傷から出産までなんでもこなすベテランのブルガリア人女医と、外務省の募集に応じて乗り込んだ感染症学者の日本人医師だ。ただし彼の方は、臨床はからきしだった。

その五藤彬(ごとうあきら)医師は、不織布の割烹着(かっぽうぎ)型防護衣を着て、マスク、帽子、そして青い医療用手袋をした上で客室デッキを一人で歩いていた。

テロリストはいない。カメラがあちこちに設置されているため、監視はそれで間に合っているのだろう。

各国代表団が宿泊するフロアの監視カメラは破壊されていたが、テロリストが覗きにくることは無かった。彼らは機関室とブリッジさえ制圧していれば満足なようだ。

それなりの人数でこの客船を制圧したことが判明しつつあったが、それでも全長三〇〇メートルを超える巨大船を、隅から隅まで見張ることはできない。

中庭に面したある部屋のドアをノックすると、中国側代表団を率いる任亜平（レンアピン）海軍大将がドアを開けてくれた。

パーティで見掛けたことがある。洗練された英語と立ち居振る舞いの人物だという印象だった。日本側代表団とも親しく話していた。どちらかといえば、軍人より外交官タイプだ。

その長身痩軀の任提督が、腰を屈めて五藤にお辞儀した。N95マスクを装着していた。

「あの、ここは提督の部屋ではなかったと思いますが」

「そうだ。昔、私の副官をしていたある大佐の部屋だ。たまには都会を出て、良い空気を吸えと誘ったんだが……」

ベッドの上に毛布を掛けられた男が横たわっていた。一見して、息をしていないとわかった。

「一応手順を踏む必要があるから、医者に死亡宣告してほしいと思ってね。昨日の今頃の時間だったか、上海観光で各国代表団をもてなすための担当者の割り振りをしていたんだ。ところが姿を見せないものだから部屋に電話を入れたら、具合が悪いから休ませてほしいと言ってきた。その後、ウイルス騒動がはじまり、私はすぐ部下たちに、それぞれの部屋に立て籠もり決して外に出るなと命じた。互いからの感染を防ぐためだ。夕方の時点では電話に出たが、夜はノックしても、もう返事は無かった。危険は冒せなかったので、そのままにしていたが……」

五藤は念のため聴診器を当て、瞳孔にペンライトを当てて覗き込んだ。筋肉がある場所を少し押してみる。

「死後硬直の具合からして、亡くなったのは今朝方でしょう」

「彼は、重度の糖尿病持ちだった。医者からは酒もたばこも止めろと警告されていたのに、どっちも止めなかった。血管も肺もボロボロだ。孫の顔が見たければ摂生しろと言ったんだが……」

「それにしても、進行が早すぎます。普通は二、三日はもつ。提督の具合は、いかがですか？」

「実は今朝から熱がある。まだ七度台だ。他にも数名が発熱し、咳が出て寝込んでいる外交部の随行員もすでにいる」

「診察します。提督もご自分の部屋で安静にしてらした方がいいでしょう」

「診察の必要は無いよ。これがMERSなら、どうせ薬はないんだろう」

「ええ。しかしコロナの経験で、様々な治療法が進歩しました。時間稼ぎはできます。それに、致死率一〇〇パーセントというわけでもありません」

「私は、もう十分生きた。党にも人民にも尽くした。欲しいのは時間稼ぎの薬ではなく、呼吸が辛くなった時に飲むシアン化物だな。苦しみながら死ぬのは惨めだ」

「そんなことはありません。MERSが発見された時の致死率は、確かに三割四割だったかもしれませんが、コロナの経験で、今ならたぶん一〇パーセント以下の致死率に押さえ込めるはずです。私は、あなたが助かる方に賭けます」

「診療所では、まだ死者は出ていないのだろう？だが昨夜の戦闘では、敵味方何人か死んだはずだ。遺体はどうしたんだね」

「この船の診療所はそれなりの大きさがあり、倉庫には巨大な冷凍庫もあります。ひとまずそこに安置しました。ただ、これは感染前のご遺体です。これから増えるだろう感染者のご遺体の処置については、正直頭が痛いです。鮫に喰わすわけにもいきませんし、テロリストがヘリの着陸を許してくれるようなら、政府に引き取ってもらうのですが。……このご遺体は、どうしましょうか」

「私の代表団に関しては、迷惑をかけないようにするよ。あなたは今忙しくてそれどころではなかったことにすればいい」

　ここで五藤は「それは駄目だ」と言うべきだったが、睡眠不足と疲労でうっかり「そうですか」と応じてしまった。

「とにかく代表団の皆様を診察しますから、部屋番号を教えてください」

「わかった、今メモをする。乗っ取り犯は医薬品の搬入や重症者の下船に関しては、何か言ってきたかね」

「それが、うちの外務省の話では、乗っ取り犯側は当面その必要は認めないと突っぱねているそうです。病人の数はまだ知れていますし、医薬品もしばらくは船内備蓄分で足りる。これは事実ですが、だからもうしばらく後でいいだろうと。私としてはスタッフの疲労もあるため、せめて医療スタッフの派遣は飲んでほしいのですが……。直接の交渉はできていないらしく、全ては陸上経由なんです」

　ここで、任提督が少し咳き込んだ。

「本当に、寝てた方がいいですよ」

「ああ、これが片付いたら、そうさせていただく。正直、もどかしくて悔しい。海軍軍人として、この状況下で何もできないなんて」

「解放軍の兵士たちは、感染する危険を冒して船に突撃してきました。あなたの後輩は、ご立派です。ただ、便利だからといって診療所を基地代わりに使うのはやめてほしいのですが」

「すまんね。あと、彼らに伝えてくれ。決起する時は、中国代表団全員が参加するからと。弾避けくらいにはなるだろう」

提督は、部屋番号を認めたメモ用紙を手渡してきた。

米国に次ぐ数の代表団を送り込んで来た中国だったが、もろもろの配慮から他国の代表団とはデッキの階層も場所もかなり離れた場所に部屋を確保していた。それが今、幸いしている。

五藤自身は、まだ症状が出ていない。感染状況が不明な人用にマスクや手袋、消毒セットが一通り入った箱をその場に置き、動けなくなる前に診療所に入院するようにと提督を諭してから部屋を辞した。

それからしばらくして、海保の巡視艇が見守る中、白いシーツにくるまれた何かが船室のバルコニーから海上へと投棄された。

海上保安庁は、それを回収しようとはしなかった。

最後尾にいた巡視船一隻が、しばらくその場に留まると、波間に浮き沈みするその物体に向けて機関砲を連射し、文字通りのミンチにした。

一刻も早く沈むように取られた手段だった。

その後五藤は発熱や咳の出ている中国人代表団の診察を一通り終えると、診療所へと戻った。咳が出ている外交官一人にだけ、診療所に入院するよう命じた。

客船の診療所は、コロナ禍での経験から客船の医務室とは思えないほどの規模に拡大されていた。レントゲンの撮影はもとより、入院病棟も備えている。だから、医務室ではなく診療所を名乗っていたのだ。

五藤は診療所の入り口で着ていた防護衣やマスクをいったん全部脱ぎ捨てると、新しいものに付け替えた。

そして男性病棟に入った。そこには、日本側代表団を率いる元海上幕僚長がすでに入院していた。症状としてはまだ軽い方だが、高齢であり、他の随行員と隔離するための措置でもあった。

それから女性病棟へ向かう。六人部屋のベッドがすでに四床埋まっているが、重症化しつつある日本人女性が一人いた。まだ若いが、悪化のペースが早く、反ワクチン派だったという親の方針で、BCGをはじめとする若い頃に受けておくべきワクチンを全く受けていなかったらしい。一般的な日本人より訓練免疫が弱い可能性があった。

五藤が戻るともう一人の船医で、密かに〝プロ船医〟として尊敬しているブルガリア人の女医・ガリーナ・カサロヴァが、その重症患者である浪川恵美子に鼻腔カニューレを装着していた。

浪川にはまだ意識があり、五藤が近づくと視線を向けてくるが辛そうだった。

医療ボランティアとして働いてもらっているバイオリン奏者の是枝飛雄馬が、背後に一歩下がって不安そうに覗き込んでいた。

エアが流れていることを確認すると、カサロヴァ先生は「診察室でお話しましょう」と二人を促した。

診察室では、肺のレントゲン写真がモニターに映されていた。

「先生が出かけた直後、酸素飽和度が低下してアラームが鳴りました。それでまずレントゲンを撮って、鼻腔カニューレを装着したわけです。治療方針は、専門のあなたに任せます」

「ああ、これは拙いですね。……ここと、ここ、左右の両肺に影が出ている」

五藤は画面の何カ所を指さして、是枝に教えた。

「……治療法は、無いんですよね」

「アビガンはすでに投与したから、次はステロイドホルモンのデキサメタゾンかな。それで、サイトカインストームを阻止する。そしてレムデシビルだ。私は、コロナ準拠の治療法がそれなりに効くと思っている。普通の若い日本人女性ならそれで救えるはずだが、ワクチン接種を受けていない彼女は、言ってみればアマゾンの奥地で生活する先住民と同じだ。どんな些細な感染症でも命取りになる。先生、ネーザルハイフローはありますよね」

五藤は英語に切り替えてカサロヴァに訊いた。カサロヴァはなぜか驚いた顔で耳体温計を手に取ると、五藤の耳に突っ込んだ。

「あらら、ドクター・ゴトウ。それ、昨日の夜にあなたが自分で倉庫から引っ張り出した装置じゃなかった？」

「……そうだった。まだ未使用の病室に自分で運び込んだんだ」

「熱は、無いようね。大丈夫なの？　少しは眠った方がいいわよ」

「どうしても欲しいものがあります。ＮＯ療法が効くかもしれないが、ここにはタンクが無い。一応、外務省への要望リストには書いておきましたが」

「エヌオー？」と是枝が訊いた。

「そう。一酸化窒素のこと。以前から新生児治療で使われていた。コロナでも使えるんじゃないかということで使用したところ、効果があった。ウイルス増殖抑制や、一酸化窒素は、血管拡張で肺換気血流を改善する。だが一酸化窒素は、酸素と反応して二酸化窒素を発生させる。これは強い毒性をもつ。だから専用の装置が必要なんだ」

「どうして、ここにないんですか？」

「そんなものが必要な重症患者は、普通は寄港先で救急車を呼ぶからさ。この先の重症化に備えて、何台かほしいけれどね。酸素は船内で量産できるんだけど」

「日本人が死にかけていることは、外務省も知っているんですよね」

「もちろん伝えてある。医療スタッフの派遣も含めてね。政府を焦らせるには、私が倒れなきゃ駄目かとも言ってみたけど、相手のある話だ。三〇〇〇人以上もの人質がいる。一〇人二〇人が死んだところで、テロリストは気にしない」

「ちょっと僕も催促してきていいでしょうか」

「ご自由に——」

駆け出そうとする是枝を制し、五藤は「それ、全部着替えてね」と命じた。

是枝はもどかしそうに防護衣や帽子、マスクを脱ぎ捨てると、新しい防護衣、マスク、帽子、そして手袋を着用して部屋を出ていった。


日本側代表団は、入院を強いられたばかりの元海上幕僚長の部屋に陣取っていた。バルコニー付き、会議もできるカラオケ・ルーム付きの豪華な部屋だ。

是枝が部屋を訪れると、ベッドルームのマットレスなど、すべてをアルコール除菌スプレーで消毒している最中だった。

幸い、日本代表団でそれらしき症状が出た人間は元海上幕僚長以外にはいなかった。

是枝は、この集まりを仕切る日本側トップの九条寛（くじょうひろし）外務省・総合外交政策局・安全保障政策課係長をバルコニーに呼び出した。

「医薬品の補給が必要です！　交渉はどうなっているのですか⁉」

「ブリッジに陣取っているテロリストの大半は、アメリカの元軍人です。なので、交渉はもっぱらFBIの交渉専門官が行っています。アメリカからね。もちろん本省はその細部を把握し、要望も出しているとは思います。しかし何しろ向こう側が何かを要求してくるわけではないから、交渉も難しいのでしょう」

「なぜ医薬品をヘリで運ぶくらいのことを認めさせられないんですか！　変でしょう」

「もしこれがMERSなら、特効薬はありません。現時点で必要な薬はあると五藤先生も仰っていたが、他に何かあるのですか？」

「NO療法の装置が必要だそうです」

「確か、リクエストのリストで見たな。そんなに重い患者がいるんですか？」

「早晩、必要になるはずです。僕の仲間も危ない。肺炎は着実に悪化していて、酸素吸入をはじめました」

「それはお気の毒に……。仮に、あなたがお父さんと話してテロリストと交渉するよう要請したとしても、日本政府にはたいしてできることはありません」

「……あいつは、何と言ったのですか」

「事実をお話しました。俺の跡取りをそんな危険な場所で働かせて、貴様はクビだと言っていましたよ。そんな感じです。政治家というのは、そういう人たちだ。気にしてもはじまりません」

「わかりました。自分で解決します」

是枝は、踵を返して部屋を出た。船内で、誰一人、テロリストと直接交渉しようとする人間がいないのが歯痒かった。

その区画は、客船の中でもブリッジに近かった。船首へ向けて緩やかにカーブしている通路を歩いていくと、乗組員の詰めるバリケードがあった。その奥に、武装した兵士が二人立っている。

乗組員はテーブルを出し、そこで乗客の要望を聞いている様子だったが、体の良い、人間の盾だ。

そこに乗組員がいれば、こちらから鉄砲を撃って攻め込むわけにはいかない。

是枝はテーブルの横をするりと抜け、制止する乗組員を無視して足早に進む。

兵士がすぐさま反応した。銃を構えて威嚇（いかく）してくる。是枝は、両手を挙げながら構わずに進んだ。

「ストップ！　ストップ！」と、怒鳴られる。

五メートルほど手前で立ち止まると、是枝はマスクを顎にずらし、「自分は診療所のスタッフだ。責任者と話がしたい。ここで撃ち殺すか、誰かに会わせるかの二つに一つだ！」と訴えた。

二人が小声で何かを話し合った後、ウォーキートーキーで何事かを報告する。

しばらくすると、ハッチが開き、防護衣セットを持ったクルーが出てきた。そして、今着ているものを全部脱ぎ捨ててこれを着てほしいとセットを渡された。

是枝が着替えると「途中までしか案内できない」と告げられた。クルーの詰め所のような場所を通り、カードキーで動く小さなエレベーターに一人で乗らされた。

エレベーターが止まった場所は、どうも化粧室の中らしい。ルームフレグランスの香りが充満している、豪華な部屋だった。ここだけで是枝が暮らしているワンルームのアパートより広い。

その部屋の外から「カモン！　カモン！」と誰かが呼びかけていた。

部屋を出ると、是枝は口をぽかんと開けて立ちつくしてしまった。

両舷、端から端までの大きな部屋だ。そして左舷側から右舷側までは大きな一枚窓があり、その外には大海原が広がっていたのだ。遮るものは何もない。

両舷前方には、白い船が二隻挟み込むように並行して走っていた。よく見ると海上保安庁の巡視船だ。

噂にしか聞いたことは無かった。この客船の最上級客室は、船内の見取り図にも載っておらず、限られたクルーしかその存在を知らされないと。

「君も何か飲むかね」

バーカウンターに、アラブ系の壮年男性がいた。自分を呼んだのは、彼だろう。

「いいえ、自分は何も——」

「そう。では私は、コーヒーでも飲むとするか。アラブ人の部屋にバーカウンターは変だとか思わないでくれよ。私は熱心なイスラム教徒ではないのでね。監視カメラで見ていたが、君の顔には見覚えがある。医者やナースではなく、バンドのメンバーだろう？　確か、バイオリンを弾いていた」

彼がこの事件の首謀者である、ハリーファ&ハイガー・カンパニーのCEO、ナジーブ・ハリーファなのだろうか。

「そうです。あなたが、リーダーなのですか？」

「ああ、それは難しい質問だな。まず自己紹介しよう。娘がいるんだ。長女、勝ち気な性格でね。スイスの寄宿学校に入れた」

男は、バーカウンターに立てたフォトフレームを見せた。ヒジャブをしていない、バイオリンを抱えた笑顔の少女の写真だった。

「バイオリンを？」

「そうだ。スイスの寄宿学校に入れさせた。今は、パリの国立高等音楽院に通っている」

「CNSMDP（セー・エヌ・エス・エム・デー・ペー）？　名門だ」

「そう。自慢じゃないが、君より上手だぞ」

「間違い無く、そうでしょう。あそこに入れるのは、音楽の神の祝福を受けた天才だけです」

ハリーファは満足げに頷くと、ソファに座るよう指図した。太平洋を一望するソファに向かい合って座った。

「残念だが、私に音楽の才能はない。気になってはいたんだ。日本人の若い女性が重症化しつつあると聞いたが、そもそも若い日本人女性がこの客船に、客ではなくスタッフとして乗っていたかなと。それで君の顔を見た時に、一緒に楽器を弾いていたと思い出した。真っ先に亡くなったのが音楽家だとわかったら、娘は私のことを許さないだろうね」

「……彼女は死にかけています。高度な医療が受けられないと、助かりません」

「このMERSウイルスを開発したハリムラット・アユップ博士の話では、BCG日本株を接種していれば重症化は避けられるということだったが」

「彼女は反ワクチン派の家庭で育ちました。BCGワクチンは接種していません。アユップ博士にって伝えてください。彼は、おそらく彼女のことを知っています。ロシア語で世間話をしたはずだと。その時に感染したのです」

「ああ、それは全く気の毒だな。博士が聞いたら悲しむだろう。――さてと、先ほどの質問に戻るわけだが、この船をコントロールしている状況は複雑だ。まず、計画を練って資金を出したのは私。だが私にはウイルスの知識も無ければ、軍人出身でもない。そこでアユップ博士の協力を得て、さらに民間軍事会社を雇った。雇ったというか、実質的なオーナーは元から私だが、船外からどんな補給を受け入れるか、誰を下船させるかの権限はない。もちろん議論はしたよ。部隊を預けたクリス・インドラ中佐と、船内で次々と発症するだろう感染者の扱いをどうするかを議論した。中佐の恐れは、一つにはこうだ。感染者を船内に抱え続けることは、明らかに作戦遂行の障害となる。だから、下船させるに越したことはないし、当然船内の備蓄や船医の疲労も考えなければならない。外からの補給や援助を拒むべきではない。ただし、そうするとわれわれが与しやすい相手で交渉の余地があると、関係する当局に錯覚させる危険性もある。だから彼の基本方針としては、いかなる交渉にも応じないし、感染者を巡っても妥協すべきではない。死体は海にでも投げ込んでおけということになった」

「彼女には、生まれたばかりの娘がいるんです。一人で育てています」

「それも、お気の毒に。だが、これはMERSだ。特効薬はないし、助からないものはしょうがない。だが、二人しかいない船医の方は、倒れられては困るから、中佐に相談してみるよ。急な補給は必要になるかもしれないし、日本政府とは事を構える気は無いんだ。敵はあくまでも中国政府だから」

「あなたの目的は何なのですか」

「君は、中国のウイグル自治区で今、何が起こっているか知っているかね？」

「いいえ。新聞は読まないし、そもそも新聞記者が自由に入って取材できる場所でもないでしょう」

「そうなのだよ。まさに問題は、そこなのだ。あそこで起こっていることを、世界は知らない。知ろうともしない。――二年前のことだった。リヤドに出張した時、私は高速を走っていて多重衝突事故に巻き込まれた。危ういところだったが、私は助かった。だがすぐ前を走っていた車が巻きこまれてクラッシュした。パキスタンから出稼ぎに来たという親子連れが乗っていた。あっという間に火が点いた。助けようとしたが、近づけなかった。事故原因は、王族に連なる若造の無謀運転だった。飲酒運転の上に、薬物でラリっていた。もちろん何のお咎め（とが）も無しだ。私はそれから慎重に動き、男の一族に接近して取り入って、うまい話を持ちかけた。結果、身ぐるみ剝いで一族郎党破産させてやったよ。お陰でサウジには出入禁止になったがね。あれは、凄く気持ちがよかった。自分の人生で、初めて正しいことをした気分になった。その頃から、自分には何か使命があるような気がしてならなかった。君たちを巻き込んだことは詫びるが、大義に犠牲はつきものだ」

「……理解、できません」

「そうだな。君に、一つ頼みがある。交換条件だと思ってくれてもいい。中庭というか、屋内庭園のライフ・オブ・ツリーのステージで、ぜひコンサートを開いてくれ。その時間帯、乗客がそれぞれのデッキから中庭を見下ろすことを許可しよう。こんな状況下だからこそ、人々には癒やしが必要だ」

「マネージャーに伝えてみます」

「話は以上だ。ところでそのビオラ奏者と君の関係は──」

「長い付き合いですが、彼女が子供を産んだことすら知りませんでした」

是枝は率直に、悲しげな顔をしてみせた。惨めな顔を。

「そうか。撃たれる危険を冒した価値があればいいね。彼女が助かり、君の願いが届くことを祈っている。だが、覚えておいてくれ。人質を甘やかすなと中佐が煩いんだ。だから君の要望を聞くのは、これが最初で最後だよ」

エレベーターに乗り込む時、ハリーファは「良い演奏を期待している」と、文字通り背中を押してきた。

下に降りると、そこがブリッジの真後ろにある乗組員の休憩室だとわかった。おそらく特別な客に、ブリッジを見学させるためだけの秘密のエレベーターなのだろう。

日本代表団の部屋に向かうと、九条に「話をつけてきました」と告げた。

「話？　誰を相手にかな」

「ナジーブ・ハリーファです。お茶をしてきました。僕は飲まなかったけれど。医薬品の補給と、人員派遣を認める方向で検討すると。ただし、これをしてわれわれが与しやすい相手だと勘違いしてほしくないと言ってました」

「……本当に？　驚いたな。あなたも、政治家の血を引いているようだ」

「そんなことは……。僕はちょっと下に降りてきます。交換条件として、中庭で演奏会を開くように求められたので」

「それは何か、彼らの態度の変化の兆しととらえていいのかな」

「そうではないと思います。煩わされたくないのでしょう」

ここで床で寝ていた音無誠次元一佐がむっくりと起き上がった。そして「よくわからん話だな」と言った。

「連中の目的は、船内で感染を広げることではなく、感染した乗客の上陸で街に感染を広げることだったはずだ。それができなかったからには、船内で感染者を抱え込むことには何のメリットもない」

「インターポールの報告では、一人だけ上海に上陸できたはずですから、それを隠蔽するためのカムフラージュではないのでしょうか？」

「たった一人で、広がるもんかねぇ……」

「とにかく、伝えましたからね。アメリカ政府の交渉人に、『ハリーファと話が付いている』と伝わるよう徹底してくださいね」

「わかりました。ただ次からは、行動する前に一言相談してください。日本人に何かあっては困ります」

「二度は無いそうですから、その心配はいらないと思いますよ。部下といっていいのか、実際に部隊を率いている軍人グループとの関係に苦慮している感じでした」

「あとで、どんなやりとりをしたか、一言半句漏らさずに教えてください。捜査する当局が知りたがるはずです」

「メモしておきます。でも、単なる金持ちのごっこ遊びですよ。彼が本当にウイグルの現状を嘆いているようには見えなかった」

　是枝が出て行くと、音無は「もうベッドで寝ていいか」と九条に聞いた。

「ええ、どうぞ。これ以上、消毒できることはないし、そもそもわれわれ、手遅れですよね。とっくに感染しているでしょう。あとはいつ発症するかです」

「あんたも寝た方がいいな。睡眠不足と疲労は、免疫力を落とすから」

「ええ、音無さんのそれ、特技ですよね。いつでもどこでも必要な時に眠れるのは」

　九条には仕事が山ほどあった。

　船内にいるアメリカ代表団との調整に情報交換、本国へ送る情報の取捨選択に、船内の日本人の保護も。

　発症者の把握は、とりわけ政府の重要関心事だ。寝ている暇など無かった。


　南シナ海の東沙島は、静かな夜明けを迎えた。

睨み合っていた台湾軍海兵隊が潜水艦を使って脱出したらしいと情報が伝わった瞬間は、誰もそれを信じなかった。

何かの誤報か、敵の偽情報だろうと思われた。だが、確かめる術が無かった。

白旗を持たせた歩兵を林の手前に立たせてみたが、誰も出てくる者はいなかった。

第164海軍陸戦兵旅団を率いて東沙島に上陸した姚彦（ヤオイエン）少将と、旅団参謀長の万仰東（ワンヤントン）大佐、そして作戦参謀の雷炎（レイイエン）大佐は、連れだって最前線へと出た。

もう敵はいなくなったという前提で、身を隠すこともしなかった。ドローンがいつもより多く低く飛び回っていたが、塹壕の中までは覗けない。

脱出したか否かをドローンで確認することはできなかったし、兵を突っ込ませるのは危険だ。どこにブービー・トラップが仕掛けられているかもわからない。

「それで、諸君。これはどうも、だいぶバツの悪い話になったわけだが……」

肩を落とす姚提督が言った。

「よかったじゃないですか？　無用な殺戮（さつりく）を避けられた。敵が脱出できたとしたら、それは艦隊の責任です。潜水艦の侵入を易々と許したのですから」

雷大佐は、この期に及んでも全く動ぜず、強気だった。

「君はこの事態を想定したかね？」

「いえ。今でも信じられないですよ」

「爆撃しましょう！　空軍に要請して林を更地にしてもらえば、敵がまだ潜んでいようがいまいが、関係なくなる」

参謀長がそう進言した。

「何のために？　無意味です。無意味どころか、

有害ですらある。この群島でも貴重な緑を今以上に破壊するというのですか？ それは犯罪行為です。おそらく負傷兵は置き去りにされてまだ潜んでいることでしょう。いずれ投降してくる。われわれは、ここから黙って引き揚げましょう。兵士には、熱いシャワーと柔らかいベッドでの休息を与える。どうせ台湾軍には島を奪還する戦力は無い。あとは工兵隊に任せて、砲撃跡の穴を整備させればいい」

「そうは言ってもなぁ、大佐」

「駄目ですよ、提督。そんな態度じゃあ。われわれは所期の作戦目標を完全に達成しました。島を手に入れました。敵が逃げたなんてのは水上部隊の責任であって、われわれ陸戦隊には何の関係もない話です。そう振る舞ってください」

「呆れる。全く、呆れる態度だ！」

万参謀長が、詰るように言った。

「では、どうしろと仰るのですか？ 敵を逃したのは自分らの責任ですと辞表でも書いて、軍法会議でも要求しますか。この戦争は、まだはじまったばかりだ。当初の計画でも、無事島の制圧を完了したら、われわれは速やかに後続部隊にこの守備を引き継ぎ、次の作戦に向けて部隊を後退、休養させると書いてあったではありませんか。あれには確か、占領は午前中に完了し、日没前には揚陸艦に引き揚げて本隊は撤収できるような荒唐無稽なことが書いてあったように記憶しますが」

「嫌味な奴だな！」

「よさんか、二人とも。確かに甘い見込みだったことは事実だ。では、具体的にどうすればいいんだ」

「残存兵が白旗を掲げて出てくるのを待ちつつ、工兵隊を林に入れてブービー・トラップを解除し、塹壕まで辿り着くしかないでしょう。その間に、本隊は撤収準備を進めればいい。夕方には、第一陣が撤収できますよ」

「わかった。それでいこう」

「提督、こんな奴の言うことなど！」

「戦場はここだけではない。まだはじまったばかりだ。次の戦場に備えて兵を休ませるのも大事だ。われわれの代わりに誰かが指揮を引き継げるというなら、責任を取って辞表も書くが、ここは雷炎大佐の面の皮の厚さを見習うしかないな。……兵を引き揚げる準備を進めよう。東沙島占領作戦は、ここに完了したものとする。苦い勝利だし、そもそも勝利と言えるかも疑問だが、これが戦場の現実だ。あとは、北京の連中が取り繕うさ。明日には、解放軍大勝利の文字がネット上を支配するだろう」

しばらく上空を乱舞していた哨戒ヘリの羽音も今はもう聞こえない。つまりこの辺りにはもう潜水艦はいないということだ。

島から離れれば離れるほど発見は難しくなる。もし、敵が逃げおおせるとしたら、恥を掻かされるのはわれわれだけではない。責めを負う仲間が他にもいるということだ。

その事実は、少しは気を楽にしてくれると姚提督は思った。


陸上自衛隊習志野駐屯地——。

第一空挺団・第四〇三本部管理中隊付き、その実、特殊作戦群の存在しない部隊《サイレント・コア》を率いる土門康平陸将補は、築六〇年の隊舎の自室で情報収集に追われていた。

テレビは、客船を遠くから狙う取材機の映像を流している。

東沙島に派遣する羽目になった部隊は二手に分

かれ、本隊は予定通り潜水艦で脱出。だが二名が、偽装漁船を乗っ取って敵陣に孤立している。

土門は、二個小隊を率いる二人の部下を呼んだ。原田拓海(はらだたくみ)一尉と姜彩夏(あやか)三佐が並んで立った。

「良いニュースと悪いニュースがある。まず良いニュースだ。水野らが乗っ取った偽装漁船だが、海兵隊が消えたということで包囲網を解いた。すでにそれぞれの母港へと向かっている。米軍情報だが出された命令を解読したところ、速やかに寄港し整備補給を急ぎ、乗員を休息させよということらしい。もちろんしばらくは敵の勢力圏内を航行するわけで、どうやってピックアップするかは、これから考えるそうだ。悪いニュースの方だ。司馬さんから伝えられた〈尖閣にうちの隊員が上陸しているって本当なの?〉という件だが、水機団長に聞こうとしたら、忙しくて捕まらないと無視された。それで陸幕を突いたら、あんたはこの件に関わらないでくれと。ま、そういうことだ」

「では、上陸したのは海自の特警隊ではなく、うちの水機団なんですね?」

原田が聞いた。

「そういうことだろうな。俺は知らん! 台湾が知っているということは、北京もじきに気づくだろう。時間の問題だ。誰が企んだのか知らないが、これは先に動いた方が一時的には勝ちだ。北京が反応して尖閣を取りにきても陸兵はいるし、すでに海自の大艦隊が到着している。易々とは奪われないだろうが——」

「でも、水機団が出たということは、特警隊はやはり客船対応で備えているということですよね」

そう姜三佐が言う。

「そういうことだろうな。だとすれば、われわれは控えの待機で済む」

「洋上の作戦で、フィッシュの不在は不安材料です。私としては、このまま出番がないことを望みます」

「同感だ。それで、原田君の用事は何？」

「用事？　そんなこと言いましたっけ」

「顔に書いてある。言いづらい計画があると」

「はい。……なら率直に言いますが、防衛医大から客船派遣のチームに加わらないかと、昨夜内々に要請がありました。客船側から、一度だけ医療補給と人員支援を認めると言ってきたそうです」

「なんで防衛医大がうちの存在を知っているわけ？」

「いえ、われわれの存在を知っているわけではなくて、あくまでも自分は空挺団の衛生士官という立場ですから、そのポジションでの要請です」

「行きたいのか？」

「もちろん！　船内の状況を把握するためにも、自分が行くのがベストだと思います」

土門は露骨に嫌な顔をした。

「部隊はどうすんのよ？　仮に、明日制圧作戦が敢行されて無事に帰ってきたとしても、君は一〇日から二週間は隔離されなきゃならないんだろう。そんなのは無茶だ、この状況下で」

「感染しない自信はありますが、もし隔離する必要があるならご自分で小隊を指揮なさればよろしいんじゃないですか。それで特に問題は生じないと思いますが」

今度は、土門はまんざらでもなさそうな顔をした。

「でもさ、この歳になってグレーネード・ランチャーを担げというのかな」

「それは、誰か持ってくれるでしょう」

「君はどう思う」と土門は姜に聞いた。

「現状では、後々の災難に備えるより、目下の状況に最善を尽くすべきであり、この手の戦闘の知識がある原田さんが行くのは当然だと思います。防衛医大のスタッフだけ派遣するのは気の毒ですし、特殊作戦群としても、無責任のそしりは免れないでしょう。どうして看護師資格を有する特殊部隊の士官が同行しなかったのかと、後々問題になる可能性すらあります」

「しかしなぁ。フィッシュは不在で、小隊指揮官まで駆り出されるとなるとな……」

「今現在、すでにわれわれは戦争の火中にあることを考えれば、戦力を出し惜しみしても仕方ありません。不在は、全員でカバーします」

「わかった。許可する、行ってこい。ただし、絶対に感染せずに戻ってこいよ」

「ありがとうございます。原田、客船へ向けてただちに派遣団と合流します！」

原田が敬礼して部屋を辞した。

「……尖閣、どうするんですか？」と姜が訊いた。

「知らんよ俺は。もし北京が、本気で台湾を攻略する気なら、金門島なんて放っておいて、まずは尖閣を取りにくるだろう。尖閣だけで済めばいいがな……」

海自も空自も一日二日はもつだろうが、今の中国の戦力を考えると、もっても三日だなと土門は考えていた。

少なくとも、米軍が駆けつけるまで持久できるとは思えない。

その米軍にしたところで、今頃、嘉手納の空軍部隊は、グアム、さらに後方に避難するために大わらわだろう。

第三章　対潜作戦

Y－9X哨戒機を指揮する鍾桂蘭海軍少佐は、戦術航空士席からしばらく海面を見下ろした後、機体が旋回して日差しが入ってきたため、シャッターを降ろした。

日差しの強さで、機体の高度はだいたいわかる。高く昇れば昇るほど日差しが強烈になるが、もともと哨戒機はそれほどの高度は飛ばない。だが今はLiDARを使用しているせいで、高度一〇〇〇メートル前後にいた。

恨めしい。せめて三時間前に晴れてくれていたら、浅い深度を進む潜水艦の巨体を上空から目視で発見できたかもしれなかった。

東沙島の南海域を捜索していたが、LiDARに当たりは無かった。いや、それらしき海面の盛り上がりを何度か検知し波形が出たが、どれも潜水艦を探すフリゲイトや駆逐艦が発生させた航跡によるものだった。

それがわかるたび、鍾はチッと舌打ちした。時には怒鳴りたい気分にもなった。四発機のエンジンが煩い機内では、多少喚いても誰にも聞こえない。民航機ほどの防音性能は無く、耳栓がぎりぎり不要な騒音レベルだ。

鍾少佐は、とりわけ一隻のフリゲイトに苛ついていた。捜索海域を縦横に走り回り、穏やかな海面を引っ掻き回している。まるで徒手空拳な捜索で、ＬｉＤＡＲの使用上、大きな障害というか、邪魔になっていた。

哨戒どころか、まるで三歳児が舵を握り、好き勝手に操縦しているような感じだ。

少佐は、艦隊で対潜作戦を指揮する参謀に無線で二度も抗議する羽目になった。一度は「考慮する」という返事だったが、二度目に文句を言った際、万通大佐には、「すでに海域はかなり深い。君のＬｉＤＡＲで発見するのは不可能ではないか」と言われてしまった。

確かに時間を追うごとに海域は深くなる。潜水艦はより深く潜り、ＬｉＤＡＲで発見する可能性は低くなるのだ。

だが、まだ望みが潰えたわけではなかった。

南海艦隊旗艦〝南昌〟で対潜作戦を指揮する万通大佐は、通信コンソールで哨戒機との無線交信を終えると対潜ステーションへと戻った。

ＬｉＤＡＲを使い排水効果を発見するというのは悪くないアイディアだったが、それが可能なのは大陸棚の、せいぜい深度二〇〇メートルが限界だろうと思っていた。

だが、この機体は実験機だ。開発中の最新のソノブイや分析システムを搭載している。むしろＬｉＤＡＲなどより、そちらの方で役に立ってくれるはずだ。だからわざわざ無線通信にも出てやったのだ。

あの手の技術将校は、煽てて使うしかない。

背後に気配を感じて振り向くと、南海艦隊司令官の東 暁 寧海軍大将が腕組みをしてモニターを覗き込んでいた。

「なあ、万大佐。この、酷く出鱈目な動きをしているフリゲイトの艦長だが、駆逐艦〝西安〟の艦長と似ているよね」

「は？　え、ええ。確か従兄弟だと聞いてます。当然、提督はご存じのはずだと思っていましたが」

「そうなのか。まるで双子のように似ているよね。本当は兄弟ではないかという噂もあるようだ。君は確か、青島にいた頃、北海艦隊で〝西安〟の艦長と一緒だったよね？」

「はあ……、困りましたね。風の噂で聞いた程度ですが、彼らは実の兄弟です。何でも一応親族らしいですが、子種が無くて、それでこっそり二人目を産んですぐ、養子として出したそうです。互いが本当の兄弟だと知ったのは、だいぶ後だということでした」

「中国ではたまに聞く話だ。別に咎めやしないよ。われわれにとって優先するのは、有能かどうかだ。でもこの二人、性格は真逆だよね」

「はい、環境の違いが人格に影響を及ぼすという見本かと」

「しかし〝南通〟はなぁ。あれでいいのか？　まるでネズミ花火だ」

「まさにそれを狙っております。敵は水中からわれわれの配置を察知し、予測することができます。ですが、ランダムな攻勢は予測できない。こちらの意図を疑い、焦ってミスを犯す。それを狙っているのです」

「そして敵は、兄の方が待ち受ける狼の狩り場へ迷い込む、というわけか」

「そうなればいいのですが……。敵は水平だけでなく、垂直へも逃れられる。深く潜られたら、お手上げです」

「あんな旧式艦でも、そんなに潜れるのかね？」

「われわれにとって深度四〇〇メートルは、四〇〇メートルと同じですから。現在、捜索エリアはすでに島から一〇〇キロ南まで拡がっています。この辺りは深さ一五〇〇メートルはあり、いわゆる層深やコンバージェンス・ゾーンがあります。大陸棚海軍のわれわれにとっては、未知の領域です」

「信じているよ。君の好きにさせているんだから、結果を期待している。夕方には、陸戦隊の収容を開始しなければならない。対潜作戦はそれまでだ」

「承知しております」

　自分は敵を追い込んでいるのか、それとも追い込まれているのは自分なのか、万大佐には何の手がかりも、自信も無かった。

　タイプ052C旅洋Ⅱ型駆逐艦〝西安〟（七五〇〇トン）のブリッジでは、艦長の銭語堂(チィエンユイタン)大佐が双眼鏡でもって水平線の味方艦を観察していた。

　上空には哨戒ヘリが三機。固定翼の哨戒機も三機確認できる。

　だが、水平線上に確認できる味方艦は決して多くはない。ほんの数隻だ。それほど海は広大なのだ。

　このブリッジの高さからでも、見渡せるのはせいぜい二〇キロ四方。そんな中で弟の銭国慶(チィエンクゥオチィン)中佐が指揮するタイプ054A江凱Ⅱ型フリゲイト〝南通〟（四〇五〇トン）が、水しぶきを上げて跳ね回っているのが微かに見えた。

　右へ行ったかと思えば、次の瞬間には左へと舵を切る。向かってきたかと思えば、反転して視界から消える。まったく出鱈目な行動だ。

「艦長、率直に言って、あんな支離滅裂な動きはどんな教本にも載っていません。大佐が教えたのですか」

　後ろに立つ副長の郝慶東(ハオチィントン)中佐が、呆気にとら

れたような顔で言った。

　公式には二人は従兄弟となっていたが、実の兄弟だということは周知の事実だ。

「私に聞かないでくれ。あれが艦隊からの命令であることを祈るよ。出鱈目にもほどがあるからな」

〝西安〟は、敵を待ち構えて機関推力をゼロにしていた。つまり、洋上に漂っている。そうすれば、敵に発見されずに済むのだ。

　水上艦は、音さえ遮断できれば海中から発見される危険はまずなかった。だが操艦の自由を失うので、敵が自ら網の中に飛び込んできてくれなければ、敵を狩ることはできない。

　静止した状態下でも本艦の艦首ソナーが潜水艦の音を拾えるのは、せいぜい半径一〇キロがいいところだ。曳航ソナーはもう少し遠くまで拾うこともあるが、それは海中の音波の伝搬状況による。

　後は搭載した哨戒ヘリも使えるが、その吊り下げ式ソナーの性能は必ずしもよろしくはない。ソノブイの性能も知れていた。

　それでも、できる手はすべて打ったつもりだ。わざとアクティブ・ピンを打ち、潜水艦のコースを逸らす。

　敵がいるとわかっている方角へ逃げるようなことはしない。結果として敵を、こちらが望む方角へと誘導できるはずだった。

　弟のフリゲイトは、それを確実にするための囮でもあったのだ。


　その054A江凱Ⅱ型フリゲイト〝南通〟では、ブリッジの艦長席に座る銭国慶中佐が、タブレット端末のデジタル・チャートを睨んでいた。

　艦が二五ノットの高速で取り舵をとったせいで、船体が右舷側へと傾いていた。艦長は肘掛けをつかみながら「このまま一五分走るぞ。そうすると、およそ七マイル進むことになる。そこでまたやや面舵に切り、二七〇度転針し、やや戻る。それでいいな、航海長」

航海長の周宇航少佐は、「いいも悪いもありませんが、そのジグザグ航法には公式でもあるんですか？」と羅針盤にしがみつきながら言った。

振り飛ばされないよう、全員が何かにしがみついている。すでに何人もが、この急な転舵で転んでいた。

「俺の勘だよ！　でも、悪くないと思うがな。進言したら艦隊の対潜参謀が『それだ』と頷いてくれたほどだ」

転舵が完了すると、ソナーからアクティブ・ピンを発信する。一〇キロ前後に敵が潜んでいれば確実に反響音が聞こえるはずだが、反響するのは潜水艦の船体だけではないし、これだけ高速だと自艦が発するノイズが大きく反響音を聴き取るのも一苦労だった。

代わりに、付近にいる味方艦や哨戒ヘリが聞いてくれるはずだ。

「艦長、今の本艦が潜水艦の魚雷に狙われたら、それを察知する術はありません。その推進機音に気づくのは、命中する寸前です。いや、ひょっとしたら気づかないまま撃沈されるかもしれません」

「気にしてもはじまらんだろう！　仇は味方が討ってくれる。それに、君らは助かる可能性が高いぞ。衝撃を乗り切って意識があったら、沈む前に海に飛び込めばいい。機関室などは、そうはいかんからな」

全員がすでに耐火服の上からライフベストとヘルメットを被っていた。

こうして哨戒活動を開始してから、すでに六時間以上は経過している。敵の潜水艦は、せいぜい三、四ノットで航行しているはずだ。こちらはその七、八倍の速度を出して追い立てている。そのうちどこかで潜水艦付近に出るだろう。

そうなれば敵は怯えてパニックを起こし、焦りで迂闊な行動をとると艦長は確信していた。きっと〝西安〟に乗る兄・語堂も攻撃してくれる。

敵は必ず出てくる。キツネが地面で飛び跳ねて震動を起こし、穴蔵に潜むモグラを狩り立てるようなものだ。

潜水艦〝おうりゅう〟の発令所では、第一潜水隊群司令の永守智之一佐、艦長の生方盾雄二佐、そして副長兼航海長の新藤荒太三佐がチャートデスクを囲んで額を付き合わせていた。

「……訳がわからん。いったいこいつは何をやっているんだ」

チャート上に鉛筆で弾かれた目標・ブラボー01の奇っ怪な航跡に、皆が首を捻っていた。あまりにも脈略のない動きだったからだ。

「おそらく、われわれを狩り立てているつもりなんでしょうね。だったらこのブラボー01を中心にして、フリゲイトや駆逐艦が取り囲んでいるはずです」

現在〝おうりゅう〟は、深度三〇〇メートルを潜航している。三ノットで走っていたが、上に層深（レイヤー）があり、アクティブ・ソナーを使われても反響を返す可能性は少なかった。そもそもが、吸音材を張りまくった船だ。

ただし、層深の下を潜っているということは水上の音も聞こえ辛いということ。時々、スクリューを止め艦尾から曳航ソナーを層深の上に出して、水上の音に耳を澄ましていた。

懸念材料は、深度一五〇メートルほどを進む台湾海軍の潜水艦だ。艦齢三〇年の小型潜水艦にとっては、深度一五〇メートルでも十分きつい。

深い海に脱出できれば、安全なはずである。だが、中国海軍は包囲網を狭めながら追いかけてくる。

幸い、この辺りはしばらく海底地形が階段状になっている。海流は複雑で、層深やコンバージェンス・ゾーンが絡み合うように折り重なっていた。

われわれはそこに逃げ込めば捜索を躱せる自信があるが、果たして〝海龍〟は無事に脱出できるだろうか。

「一撃さえ躱してくれればな。そうすれば、あとはこちらが囮役を引き受けられるが」

「正直、その一撃を躱すのは、本艦でも至難の業です」

艦長が深刻そうな顔で言った。

「できるとも。われわれ潜水艦乗りは、そのためにメール一通やりとりできない世界に身を捧げ、訓練を続けてきたんじゃないか」

「……これ、この先に、何かいますね」

航海長が二人のやりとりには構わず、そのフリゲイトが之字運動している先をトントンと鉛筆の頭で叩いた。

「ああ、きっと大物が潜んでいるんだろうな。曳航ソナーをこの深度まで降ろしている可能性が高いが、果たして中国海軍に層深を読み解く経験があるかな？　この先には、コンバージェンス・ゾーンも控えている。連中は、明後日の方角へ魚雷を撃ちまくるんじゃないか」

「まぐれ当たりだって、怖いです」と艦長が苦い顔をして言った。

「いったい〝海龍〟はどちらへと逃げるんでしょうね。このまま南へ逃げたところで、二〇〇キロ下っても中国海軍の内海だ。北東方向、台湾本土へと真っ直ぐ向かって行っても、しばらくは解放軍が立ち塞がることになる。その勢力圏を脱するには、丸一日以上はかかります」

「台湾への直行コースは無いだろう。確かにそっちへ行きたいが、敵の艦艇も多い。私は、このまま南へ脱出すると睨むね。そうすれば、中国海軍の相当数の艦艇を東沙島から引き離すことに成功する。本国からの攻撃が仕掛けやすくなる。私が艦長ならそう判断して動くよ。一〇隻を海域から離脱させられれば大成功だ。中国側は、潜水艦の意図に気づいて捜索規模を縮小するだろう」

〝海龍〟がまた針路を変えた。その瞬間は、スクリューのノイズ音が微妙に変化する。それで針路変更がわかるのだ。

どちらに舵を切ったか把握するには、しばらく時間がかかる。だが、こちらの方が速度を出せるのでじきに追いつける。

今のところ、〝海龍〟の繰艦は完璧だった。中国やロシアの潜水艦部隊の動向や練度には、永守らはそれなりの注意を払っていた。最近は、韓国海軍も無視できない。

だが台湾海軍の潜水艦部隊に関しては、その稼働率すら知らなかった。

もう少し注意を払うべきだったなと、永守は反省した。

海兵隊第99旅団の一個大隊を率いて東沙島を守っていた作戦参謀兼大隊副長でもある黄俊男（ホアンジュンナン）海兵隊中佐は、一個中隊を率いて〝海龍〟へと乗り込んでいた。

脱出途中に脱落者を出してしまったが、幸い乗り込んでいたネイビー・シールズによって救出された。

自軍の潜水艦ですっかりくつろいでいたが、脱出が容易でないことが徐々にわかってくると、皆沈んだ顔になった。

ネイビー・シールズのコマンドも乗っていたが、彼らは空になった魚雷室で寝ていた。発令所の様子には関心がないようだ。

海兵隊の中でも最強部隊であるフロッグマン部隊出身の黄中佐は、艦長、副長ともにそれなりの付き合いがあった。

艦長の顔昇豪（イェンシェンハオ）大佐は、黄がフロッグマンになった頃にはまだ少佐だった。何度か一緒に酒を飲んだこともある。副長の朱蕙（チュフィ）中佐は、司令部勤務で彼女が燻っていた時から知っている。かなりの切れ者だ。潜水艦に乗りたくて海軍に入り、一〇年間訴え続けて、夢を叶えた。

これまで彼女の扱いに苦慮していた海軍は「これを前例とはしない」という条件で潜水艦への乗り組みを認めたが、何しろ優秀で、男が何人束になっても敵わないほどの勉強家で努力家だ。台湾は徴兵制を止めたことで、今建造中の潜水艦からは女性乗組員も認めるしかあるまいという雰囲気になっていた。

バッテリーを節約するため、エアコンは止まったままだ。寒く、二酸化炭素濃度も上がってくる。二〇〇名からの兵士を収容しているため、二酸化炭素濃度はあっという間に上昇するだろう。

吸着剤が無造作に床に放り投げてあったが、この状態が六時間も続くと、皆偏頭痛を起こしはじめるだろうと艦長が警告していた。

酸素消費量を減らすためというより、二酸化炭素の排出量を抑制するため、兵士にはそれぞれの持ち場で寝るよう命じてあった。

発令所にいるのは黄中佐一人のみで、部隊の指揮所要員は士官公室に陣取っていた。

「なあ、中佐。東沙島は携帯は繋がるのかね」

顔艦長がスキップシートから聞いた。黄中佐は、ずっと艦長席の背後に立ったままだ。全員が厚着をしていた。

艦内温度は一〇度以下に下がっている。何しろ外側が冷たいため、船体全体が冷やされていた。海兵隊員は、借りている毛布にくるまって寝ていたが、それでも寒いはずだ。

「われわれの駐屯はこの危機に備えての臨時のものでしたが、それ以前は気象観測員や海洋学者が暮らしていたので、衛星を使っての最低限のメール等は許可されていた様子です。ただ、容量に限りがあるので、兵士にはスマホの携帯は許可しませんでしたが」

「海軍は、人集めに苦労している。水上艦はある程度便宜を図れるが、潜水艦ではどうにもならない。今時の若者が、一週間も二週間もネットが使えないなんて耐えられないだろう」

「インターネットから遮断されて、自分を見つめなおす良い機会になるんじゃないですか」

「それが年に一、二回の航海ならな。年の半分もそういう状況に置かれていたら、世の中の変化に取り残される」

「世の中には、海兵隊なんて過酷な部隊に望んで飛び込む変わり種もいる。朱副長みたいな物好きだって、大勢いるでしょう」

チャートデスクにいた朱副長が「そんなの私以外にはいないですから」と笑いながら振り返った。

「私もいないと思うな。物好きな女性はいるだろうが、副長みたいに資質まで備えている人材となるとまた別だ」

「あら艦長、お茶でも持ってきた方がいいかしら」

「たった二隻の潜水艦ですら、人員確保に苦労しているんだぞ。台湾のざっくり五倍の人口の日本は、二〇隻もの潜水艦を運用している。うちよりきついはずなのに、どうやって人員募集しているのか知りたいよ。――それで、中佐としてはどちらへ向かうべきだと思うね？　まっすぐ本島へ向かうか、裏をかいて南へ逃げるか」

「海兵隊にそんなことを聞かんでください。自分は素人です」

「陸上の戦いと同じだ。これは〝戦場の霧〟というやつさ。その霧が、陸より濃いというだけの話だ」

「では、遠慮なく言わせてもらいます。――本土に近づく方が安心感がある。一五〇キロも走れば、ぎりぎり味方の制空圏内に辿り着けますので。南へ走っても、二〇〇キロ進んだところで敵の勢力圏下だ。しかも、真っ直ぐに走れるわけではない。そこまでバッテリーがもたないでしょう。いずれにせよここは戦場です。ですが、まっすぐ走れないなら敵を翻弄し、東沙島から引き離すためにも、南へと向かうしかないと考えます」

「副長の意見は？」

「他に選択肢があればいいのですが、解放軍が勘違いしてくれることを祈りたいですね。われわれは単純に、台湾本島を目指すと……」

「彼らの対潜能力は限られるが、そこまで馬鹿ではないだろう」

「一つ提案ですが、解放軍はいつまでも哨戒任務の継続はできないでしょう。ソノブイの数にも限りがあるだろうし、奪った東沙島の防衛作戦も継続しなければならない。それに、艦艇乗組員の疲労もある。どこか層深の下に留まり、そこで一日二日を過ごすということはどうでしょう」

「だが、解放軍は対潜活動を止めてくれるわけじゃない。その間もバッテリーを全く消費しないというわけにはいかないぞ。酸素消費量は三倍だ。二酸化炭素も、その頃には処理し切れなくなる。副長が今この椅子に座っていたら、そうするかね？」

「いいえ。それはそれでリスクがあります。重要なことは、東沙島からなるべく離れることです。優先すべきは、解放軍艦艇や航空部隊の勢力圏内を脱することで、それは台湾本島へと向かって分厚くなることを考えれば、やはり南東へと逃げるのが正解でしょう。解放軍もそう考えると思いますが、向こうの忍耐力はわれわれほどは続かない」

「……本艦乗組員の集中力も、そこまでは続かないがな」

「日本の潜水艦は、そろそろ高雄（カオション）に入港することでしょう。それは、われわれの手柄になる。そのニュースが大陸に伝われば、今更われわれを撃沈したところで得るものは何も無いと気づく」

「逆になるかもしれないよ」と、黄中佐は言った。「それで連中は頭に血が上り、是が非でもこの一隻は逃すまいとなる可能性もある」

「だからといって、持てる戦力以上のものは投入できないし、一日二日で彼らの経験値が向上するわけでもない。私は、自分たちの練度とこの潜水艦の性能を信じている」

カーン、カーンという不快な音が船殻を通じ響いてきた。音の大きさは知れているが、愉快な音ではない。東沙島を脱出直後は、これが何重にも重なって聞こえていたのだ。

「またあのフリゲイトか、しつこいな」

「おそらくわれわれの前方一万メートル前後に、スクリューを止めて漂流している駆逐艦かフリゲイトがいるはずです」

「敵艦の真下を狙いたいね。そうすれば、音源を最小化できる。少しは動いてほしいものだが」

「それは、どういう意味ですか？」

　黄中佐には意味がわからないやりとりだった。

「つまり、こういうことよ。潜水艦の騒音の発生源であるスクリューは、全方位に騒音をまき散らしながら走っている。ところが、進行方向に対してだけはその音は小さくなるの。なぜなら、巨大な胴体がスクリューを隠すから。艦首が真っ直ぐ敵艦の方向へ向いていれば、その騒音を小さくできる」

「ああ、なるほど！　でも、水上艦がスクリューを動かしていないと、海中から探知する術は無いですよね」

「無いわね。昔の水上艦は主機の騒音自体が煩くてそれは海中にも伝わってきたけれど、最近は主機の防振にも力を入れているから、聴き取るのは難しいわ。こちらは、この辺りにいるんじゃないかと睨んで、接近したら、漂流している敵が姿勢を変えるために動いてくれる瞬間を待つしかない。あるいは、うっかりアクティブ・ソナーを起動してピンを打ってくれるとか」

　カーン、カーンと聞こえていた音が、ふいに止んだ。フリゲイトが方向転換に入ったのだ。

　大きく転針する瞬間だけピンを止めるのは、どちらへどのくらい舵を切ったかを悟られないためだ。

　だが数時間に及ぶ追跡で、敵が次にどの辺りでまたピンを打ってくるのか推測できるようになっていた。

　艦長は再び転針を命じる。この潜水艦は、常に敵に察知されたという前提で行動しているのだ。

　Ｙ－９Ｘ哨戒機に乗る鍾桂蘭海軍少佐は、三〇分追いかけた奇妙なターゲットの正体をようやくつかまえた。

速度はほんの三ノット前後。まさに潜水艦の想定速度と同じだ。

一瞬、色めきたったが、何か違和感がある。ソノブイを落とすと、ノイズも聞こえてきた。だが、スクリュー音とは別の何かだ。しかも浮上してくる。

窓のシャッターを上げ、凪いだ海面を見下ろしていると、白波を立ててそれが海面に姿を見せた。

鯨の群れだ。ザトウクジラが一〇頭ほど現れた。これればかりは、腹を立てるわけにもいかなかった。潜水艦が立てるノイズと鯨のそれは極似している。

ソナー手が最初に学ぶことがこのノイズの聞き分け方だが、ベテランでも時々引っかかるのだ。

「みんな、ごめんなさい！　今のは鯨だったわ。手の空いている者は休憩して海面を見なさい。癒やされるわよ」

少佐はクルーに呼びかけると、鞄に入れた魔法瓶からすでに冷えたコーヒーをマグカップに注いで、ちびちびと飲みはじめた。

シャッターを開けたままで海面を見下ろす。べた凪だ。ほとんど波が無い。たまに波があるが、それは軍艦が引き起こした航跡が何キロも延びてできたものだ。

この凪なら、海面の盛り上がりを発見することができるかもしれないが、刻一刻と捜索エリアは拡がっている。発見できる確率は、時間を経るたびに低下し続けていた。

少佐はマグカップを右手に持ち、キーボードを叩いて、彼女が〝クリーニング前〟と呼んでいる処理送りする前の生データをモニターに表示させた。一秒間に数百万回ものパルスを発振するＬｉＤＡＲが読み取ったデータを早送りして表示している。

駆逐艦やフリゲイトが起こした航跡が格子状に重なり、拡がっていく様子は綺麗だった。

鯨の群れのデータも、その一つとして出てくる。鍾少佐は、あるエリアで目を留めた。

処理後のデータでは何の表示もないノーマルな海域だ。だが、何かがそこにいた。

海面の盛り上がり方としては、おそらく一センチもないはずだ。この凪でなければ観測できなかった高さだった。

奇妙なのは、その動きが途中で鋭角的に曲がっていたこと。鋭角的だと言っても、ほんの五度程度でしかないが、それはノイズではない、何か人工的なものを思わせた。

「……何、これ。お前は、何?」

そう呟きながら、前後のデータを付き合わせてフリゲイトの動きをトレースする。それは、明らかにフリゲイトの動きに合わせて針路を変えたようにも見えた。

少佐は、ソノブイを落とすために機体の針路を変えさせながら、艦隊旗艦を無線で呼び出した。そして、想定される位置情報を送った。

「対潜参謀、私としては、空振りの可能性もあるという前提での報告です」

「君にしては珍しく弱気だな。だが、ここは敵がいそうなエリアではある。別の鯨の群れということはあり得ないかね」

「それなら、フリゲイトのソナー手が気づいているはずです」

「わかった。期待せずに探してみよう」

万大佐も、全く半信半疑という感じだったが、貴重なソノブイを三本、三角形状に投下した。その三角形の中に、敵潜が飛び込んでくるという前提でだ。そうすれば、三角測量が容易にできる。

ソノブイは、着水すると海中にハイドロホン・アレイを降ろしはじめる。フリゲイトも、数隻向かってきた。

最後に、その中央にアクティブ・ソノブイを投下した。

反響音が戻ってくると、素人でも読み取れそうな反応が出た。

「いた。間違いない、敵潜よ――」

少佐は、今度こそ立ち上がって叫んだ。二度も叫んだ。

だが残念なことに、この機体はテストベッド機だ。爆雷や魚雷の類は積んでいない。

そしてこのソノブイのデータは、本機のシステムでしか受信はできなかった。

あとは、他の哨戒機部隊なりフリゲイトに任せるしかない。

ここまでポイントを絞り込めば、問題はないだろうと思った。

054A江凱Ⅱ型フリゲイト〝南通〟(四〇五〇トン)では、ブリッジにいた銭国慶艦長が、戦闘指揮所へと飛び込んだ。

「各員、87式対潜ロケット、及び魚雷用意。推進機音が聞こえなくとも、対潜ロケットで狩り立てるぞ! 対潜ロケットは次弾装塡準備急げ! ここまで追い込んで逃がすのは無しだからな――」

ここでの敵は、潜水艦ではなく味方の方だ。味方が手を出す前に、仕留めねばならない!

速度を落とし、探信ピンガーを打つ。幸い、本艦は敵の潜水艦のほぼ真横に出ようとしていた。

反応が返ってきて大凡の位置が示されると、諸元データが対潜ロケット弾に入力される。

「こいつは鯨じゃないんだろうな。一発目、行け――!」交戦を許可する。

艦首、主砲の前方に装備された対潜ロケット二基が起動し、一発三二キロの炸薬量をもつ対潜ロケットを最大射程で発射した。

着水してからが長い。沈降速度は毎秒一〇メートル以下だ。つまり、一〇〇メートル以上潜るにはそれだけの時間がかかる。

爆雷はそれぞれ深度五〇から最大二五〇メートルに起爆セットされていた。

最初の爆雷が深度五〇メートルで爆発した瞬間、衝撃はそれなりだったが、〝海龍〟の発令所ではまだ余裕があった。

至近距離でピンを喰らってから、二度目の転針中だ。

三発目は近かった。艦内のライトが一瞬消え、どこかで何かが壊れたような不快な金属音が響いた。

顔昇豪艦長は、やむなくそこで「三〇〇以下に潜ろう」と決断した。それ以上潜れば、少なくとも爆雷の脅威からは逃れられる。

しかも層深の下になるので、姿を消せるかもしれなかった。

爆雷の連続した爆発音は、潜水艦〝おうりゅう〟にも聞こえていた。

永守は、覚悟を決めて発言した。

「……ここまでよく持ち堪えたものだ。艦長、これより本艦は、中国艦隊に対して囮として行動する。みんなも腹を括ってくれよ！」

「了解です。〝おうりゅう〟はブラボー01に対して緊急浮上、ドルフィン運動で再度潜航します。速度上げ！　一五ノットへ増速した後、メインタンク・ブローでフリゲイトの正面へと浮上する」

航海科の村西曹長は、科員食堂へのインターカムを取り、台湾軍兵士に何かに摑まるよう要請した。しばらく激しい三次元運動をすることになるが、それ自体に危険は無いとも付け加えた。

速度が徐々に上がりはじめたが、スクリュー軸の振動音もなく、それを感じ取ることはほとんどない。

「浮上寸前に潜望鏡、及びＥＳＭレーダーマストを上げ、一瞬だけ敵情を観察する。司令、浮上は何秒くらいにしますか」

「二〇秒もあれば十分じゃないか？　それで、誰でもこちらの姿に気づくだろう」

「うちのX舵、目立ちますがいいですね？」

「それが目的でもある。だが、われわれはあくまでもオーストラリア海軍との演習を終えて帰還途中に、たまたま戦場に迷い込んだだけだ」

ほんの一五分で、フリゲイトの真横に並んだ。

その間にも、中国軍はしつこくアクティブ・ソナーで海中を探っていたが、〝海龍〟が層深の下まで潜ったことは明らかだ。

「本艦、ブラボー01のほぼ真横に並びました。では、いきます！　潜航係り士官は浮上に備えよ。速度一杯！　メインタンク・ブロー。——上げ潜舵！」

深度三〇〇メートルから、四〇〇〇トンの巨体が水面めがけて一気に駆け上る。

永守司令と生方艦長は、それぞれ昼間潜望鏡を挟んで立った。

潜水艦〝おうりゅう〟は、フリゲイト〝南通〟の左舷前方七〇〇メートルに突如として浮上した。まるで巨鯨がブリーチングしてジャンプしたかのような威容だった。

船体下腹の赤く塗られた部分がはっきりと見えるほど、艦首部分は空中高く飛び上がった。

そして水平状態を取り戻した瞬間、巨大な水しぶきを上げる。潜望鏡を三六〇度回して周囲を観察すると同時にＥＳＭのレーダーマストが一回転し、空中を飛び交っている電波をキャッチした。

潜航係り士官がストップ・ウォッチを持って時間を読み上げる。

二〇秒経過した時、艦長は急速潜航を命じた。

「急速潜航、メインタンク注水、潜舵一杯！　潜れ、潜れ!!」

今度は船尾が持ち上がり、そうりゅう型の特徴であるX舵が一瞬空中に覗いた。

あっという間に沈みはじめた。

銭艦長は、戦闘指揮所から飛び出てブリッジへ走った。目の前で起こっていることが、信じられなかった。すぐ目の前に潜水艦が浮上し、そして沈もうとしているなど。

わざわざ双眼鏡を使うまでもない。あの特徴的なX舵は、日本の潜水艦だ。

「舐めた真似をしてくれる！　爆雷ただちに発射!!」

「安全圏内です。本艦から爆雷攻撃はできません」

航海長が諫めてきた。

「なら、砲で撃て！」

だが、もちろんその時には、潜水艦は水面下だった。

銭艦長は、ただちに追跡に移った。

Ｙ－８Ｑの機内で、鍾少佐もそれを見ていた。ＥＯセンサーがレンズに捉えていた。しばらく呆気に取られて、二度も動画を再生したほどだ。

自分たちが追っていたのは、この潜水艦ではない。二隻いたことに、全く気づかなかった。

そして潜ったあとは、何の痕跡も残さずに消えたのだ。

こちらのソノブイがまだ生きているのに、そのノイズを捉えることもできない。まるでニンジャのように。

艦隊から万大佐が呼びかけてきた。

「第一目標を日本の潜水艦に切り替える！　台湾の潜水艦のことは忘れていい。全力で探せ！」

「了解です。でも、すぐそこにいるのに、ソノブイで音を拾えないんですよ。どうすれば……」

「それを考えるのが君の仕事だ。悔しいだろう？真下に敵潜が潜んでいたのに、全く気づかなかったなんて」

しかし、これが国際水準の現実だ。自分たちはまだ外洋に漕ぎ出したばかりの素人なのだ。

タイプ052C旅洋Ⅱ型駆逐艦〝西安〟（七五〇〇トン）のブリッジでも、その衝撃的な光景が目撃されていた。

艦長の銭語堂大佐は、打ちのめされたような表情となった。

「……副長、この状況を、どうとらえればいいのだ」

「はい。まず日本の潜水艦は、その気になればいつでもわれわれを攻撃できますね。明らかに弄ばれていることは事実です」

「これでは、まるで子供扱いではないか。この状況下で、ソノブイにも曳航ソナーにもあの潜水艦が発するノイズを拾えないとは、どういうことなんだ」

「おそらく、あのまま深く潜ったのでしょう。電池推進では、よほど速度が出ないと騒音を発することもないし、あのクラスは吸音タイルを船体中に張ってもいます。アクティブを使っても反射があるかどうか……」

「泣き言を言ってもはじまらないが、どうする？　艦隊からは、日本艦が目標だなどと無茶なことを言ってきたが」

「本艦の存在は日本艦には露呈しましたが、台湾艦の方にはまだバレていないでしょう。このまま台湾艦を狩った方が賢明だと思います」

「私も同感だ。そもそも、どちらの船を狩れと選べるような状況ではないぞ。本艦はこのまま台湾艦を狩る。潜っただけで、まだ近くにいるはずだ」

「了解です。付近のフリゲイトに通信を送ります。目標は依然として台湾艦で、軽挙妄動するなと。〝南通〟はどうしましょうか？」

「放っておけ！　あいつは、どうせ言っても聞かんだろう」

海軍が、もう少し早く対潜作戦に真剣になっていればよかったのだ。


やれ空母だなどと浮かれる前に、外洋型海軍を目指すなら、まずは対潜技術を身につけるべきだった。

そのツケが、今こういう形で露呈しているのだ。

潜水艦〝海龍〟も、水上の異変に気づいていた。潜っている最中に、明らかに水上艦の移動があったし、明後日の場所で対潜爆雷の連続爆発が聞こえてきたのだ。

起こっていることはおそらく一つ。自分たち以外にも潜水艦がいるということ。

それも、解放軍に敵対する潜水艦だ。

問題は、それはどこの国のものかということだが。

「アメリカ海軍の原潜ではないのですか？　それが一番合理的な考え方だ」

黄中佐はそう発言した。爆雷を喰らった時にはもう駄目だと思った。今こうして生きているのが不思議なくらいだ。

「絶対に無いとは言わないが、あの原潜の巨体が今の今まで隠れていたとも考えづらい。どうだろうな……」

艦長は副長に振った。

「可能性は一つでしょう。日本の〝おうりゅう〟ですよ」

「それだけはあり得ないのでは。二〇〇人もの客を乗せていて、なぜこんな場所を彷徨いているんです？　あの潜水艦のリチウムイオン電池なら、浮上せずとも高雄まで辿り着けるんでしょう？しかも、それなりの速度で。ではこれまで何をしていたんです。……まさか、われわれが脱出するのをこの辺りで待ち受けていたとか？」

「いいえ、そうじゃないわ。彼らは、最初からずっとわれわれの背後にいて、本艦を見守っていたということですよ。攻撃を受けたから、自分たちが囮役を引き受けてわざと注目を集めた」

「二〇〇名もの海兵隊を乗せている状態で？　それは無責任だ！」

「でも、君も部隊長としてはさ、艦齢三〇年のロートルな潜水艦が心配だから、われわれがエスコートしますと言われたら断れるかね？　陳大佐としては、自分らだけさっさと脱出するわけにもいかんだろうから、よろしくお願いしますとしか言えないだろう。見上げた艦長だ。無事に戻ったら、高梁酒（コウリャン）でも持ってお礼に行かんとな」

「……本当にそんなことがあり得るのですか？」

黄中佐は、未だ信じられずに二人の顔色を覗き込んだ。

「だって、考えてもみてよ。日本はたった二〇年で、まだまだ十分に使える潜水艦をスクラップにするのよ。あの人たちから見れば、われわれは素人同然。解放軍もね。だったら、自分たちベテランがサポートしてやろうという気にもなるでしょう」

「それに、丸半日も追跡されていたのに気づけなかった？」

「そういう可能性は想定しなかったし、それに、探そうとしても見つかるような相手じゃない。艦長、この隙に脱出させてもらいましょう」

「同感だ、速度を上げよう。浮上してバッテリーを充電した分を、今こそ消費すべきだ」

〝海龍〟はまた針路を変えると、速度を二ノット上げた。

その前方にフリゲイトが潜んでいることに気づいてはいなかった。

〝おうりゅう〟は、潜航直後こそ速度を上げたが、今は四ノットに下げていた。そして〝海龍〟を探していた。

しばらく手間取ったが、再びその推進機音を捉えた時には、想定位置よりだいぶ前に出ていた。

永守と生方艦長は、チャート・デスクに歩み寄り、ＥＭＳレーダーとカメラ映像から得られた情報に関して村西曹長から説明を受けていた。

村西は、チャートの上に重ねたトレーシング・ペーパー上に、それらの情報を描き入れていた。

「昔から思っていたけれど、村西曹長って几帳面な性格だよね」と永守が褒める。

「仕事ですからね。それに生徒隊出は、みんなこんなものですよ。さて、ご覧の通り、上空には固定翼哨戒機が三機と、回転翼哨戒機が三機舞っています。うち固定翼の一機は、使用周波数から最新式のＹ－９Ｘです。フリゲイトと駆逐艦の配置もこうで、案の定、伏兵が前方にも潜んでいました」

「四隻もいたのか。これが全部スクリューを止めてわれわれを待ち受けているんだよね。うちはなんとかクリアできるとしても……」

「はい。このチャーリー01が、くせものですね。〝海龍〟は、このフリゲイトのすぐ近くを通過します。今から舵を切っても避けられません。魚雷はもとより、対潜爆雷の射程圏内に飛び込みつつあります」

「見つかると思うか？」と永守は艦長に聞いた。

「フリゲイトは、曳航ソナーを降ろしているはずです。固定翼機もその深さまでソノブイは降ろせる。位置の特定は無理でも、そこに潜んでいることはわかるでしょう。水上艦艇の相当部分を引き離しましたが、これらの目標の推進機音は探知していない。ということは、依然として台湾艦を待ち伏せしているということです」

「いくら層深の下に潜ったといっても、あのノイズではな。十中八九、やられると思う」

永守は、ここである意図をもつ視線で生方を見やった。

「……司令、交戦法規は無視できません」

「しかし、われわれはもう爆雷攻撃を受けたよね。交戦法規をクリアしたとは言えないかな」

「このチャーリー01からではありません。最低五〇から、ひょっとしたら一〇〇名前後の兵士が死ぬことになります。三〇〇人乗っている台湾海軍の潜水艦を救うために、それが正当化できると思いますか」

艦長は小声で喋った。

「曹長は、どう思う？」

「自分はそういう判断をせずにすむ階級なので、意見は持ち合わせません」

「哨戒機撃墜の仇を、われわれが討つ必要はないでしょうに」

「台湾艦を沈められた後では、どんな後悔も取り返しがつかない……。責任は、全て私がとる。艦長は反対し、抗命したことにしてくれ」

「……それで、いいのですか？」

「階級ってのは、責任を取るためにあるのさ。この紛争にここまで関与した以上、手を汚さずに終えるなんてことは無理だ。仕方無い」

「わかりました。——18式魚雷を撃ちます」

「大げさだな」

「万全を期すためです。あたかも台湾艦が撃ったかのように、彼らの真下から浮上させます」

艦長はスキップシートに戻ると、魚雷戦用意を命じた。

中国海軍のフリゲイトが移動していないという前提で、18式長魚雷が魚雷発射管からスイムアウトしていった。

事前にアクティブ・ソナーを作動し、敵艦の位置を精確に弾くこともしなかった。水上には、敵の軍艦しかいないのだ。

水素と酸素の反応によるタービン・エンジンで静かに進む魚雷は、いったん深度を八〇〇メートルまで落とした。敵の探知を防ぐため、わざわざ深海へと潜るのだ。

速度は最初ほんの二〇ノットだったが、母艦から離れるにつれて、徐々に速度を上げていく。

そして速度三〇ノットに達したところで、〝海龍〟の真下へと出た。だが〝海龍〟のソナーも、真下を走る魚雷をキャッチすることは無かった。

彼らがその魚雷の推進機音をキャッチしたのは、深度八〇〇メートルから、ほぼ垂直に浮上を開始してからだ。

18式魚雷は、深度八〇〇メートルからアクティブ・ソナーを入れた。

水上艦はその魚雷の探信音にパニックになり対

抗兵器を使おうとしたが、手遅れだった。

18式魚雷がアクティブを使ったのは、たったの一度だけ。付近に他の船舶がいないことに気づくと、僅かに針路修正した。

フリゲイトは辛うじて囮魚雷を投じたが、18式魚雷はアクティブ磁気起爆装置を装備していた。

これは磁気反応を発する囮に対抗するための装置で、魚雷自らが磁気を発することで、それに釣り合う磁気反応を探して命中する。本物の軍艦でしかもっていない磁気を検知できるのだ。

18式魚雷は、江凱Ⅱ型〝巣湖(チャオフー)〟の胴体真下で炸裂(さくれつ)し、一瞬にして船体を真っ二つにした。

一九〇名の乗組員のうち、助かったのはほんの十数名だけだった。〝巣湖〟の船体は、仲間の船が救出に駆けつける前、ほんの五分で沈没した。

艦隊指揮艦は、ただちに救難活動を命じた。

対潜活動の中止を命じたわけではなかったが、結果として対潜活動どころではなくなっていた。

これが、二隻の潜水艦が中国海軍の艦艇や哨戒機に煩わされた最後の時間となった。

永守司令は敵艦の撃沈を確認すると「一休みさせてもらうよ」と、副長との相部屋に引っ込んだ。

永守は二隻が安全圏に脱出するまで、部屋から出てくることはなかった。

第四章　応援部隊

太陽が真上を過ぎた頃、東沙島で動きがあった。左手首から先がない台湾軍兵士が一人、右手に白旗を持って出てきたのだ。

とても辛そうだった。

姚彦(ヤオイエン)少将らは、味方の衛生兵部隊がそれを出迎える様子を、指揮所でドローンが送ってよこす映像で見ていた。

台湾軍兵士は、身動きできない負傷兵と遺体があるので収容の要請をしたいと伝えてきたらしい。ラグーンを挟んだ反対側でも負傷兵が出ているためそちらの収容もお願いしたい。ブービー・トラップの類は存在しないとも言う。

姚少将は指揮所要員を追い出すと、しばらく旅団参謀長の万仰東(ワンヤントン)大佐と、作戦参謀の雷炎(レイイエン)大佐の三人で話をした。指揮所要員を追い出したのは、海上で発生した戦闘に関する微妙なニュースを伝えることを避けられなかったからだ。

それは士気に影響するので、おいそれとは口にはできなかった。

「味方のフリゲイトが一隻沈められ、敵はそのどさくさに紛れて脱出した。二隻とも、遠からず台湾のどこかに寄港する。高雄とかだろうな。台湾総統とやらが派手に出迎えるかもしれん。海兵隊員を無事に脱出させた、これこそが勝利だとな

「……」

「そんなことなら簡単ですよ。軍にこう発表させればいいんです。——われわれは、その潜水艦の接近も兵士の脱出にも気づいていた。しかし、我が軍の目的は、同胞の殺戮ではない。そのため、気づかないふりをして見逃したのである。逆に、われわれは台湾軍が島に置き去りにしていった負傷兵を収容し、手厚く看護している……などと言えばいいんです。現代の戦争は、戦場ではなくプロパガンダで勝敗が決まる。そのプロパガンダの最前線に立つのは兵士ではなく、キーボードを叩きせっせとフェイク・ニュースを量産する者たちです。それを利用しない手はない」

「全く雷炎大佐、君の鉄面皮ぶりには呆れるばかりだよ。まるで——」

「まるで、中国共産党のようだと？」

「おい、滅多なことを言うな。参謀長は、どう思う」

「少なくとも、これで水上艦部隊はわれわれに強くは出られなくなりました。敵の潜水艦を二隻とも取り逃がしたばかりか、一隻沈められたのですから。陸戦隊の不始末を責められません」

「とにかく、勝ちは勝ちですよ。われわれは台湾軍を追い出して、島の隅々まで制圧したんです。滑走路を復旧したら本土から陸軍兵士がやってきて、移動レーダー・サイトや地対空ミサイルを置いて島は守れる。時間はかかりましたが、所期目標を完全に達成できた。そうでしょう？」

「その通りだ、大佐。まあ、素直には喜べないものはあるし、犠牲は想定以上に大きかったが、勝ちは勝ちだ。われわれのこの島での戦いは終わった。次の戦場へ向けて、さっさと撤収しよう。二人とも、よくやってくれた」

「じゃあ自分はお役御免ということで、基地に戻ってよろしいですか」

　雷炎大佐が真面目な顔で言った。

「雷炎……君という男が、ますますわからなくなる。軍は引き続き君の才能を必要としている。回顧録を書きたければ、もう三つ四つ戦場を経験することだな」

「私の知識は、人殺しのためにあるわけじゃありませんよ」

「何を言うか。君は、多くの兵士を救っているじゃないか。敵味方の区別なく兵士を救っているんだ。そのことに誇りをもつのだな」

「提督、あまり煽てないでください。こんな輩がこれ以上つけあがるのは困ります。こんなのは、勝利あっての屁理屈です」

「確かにな」

　敵の負傷兵を収容する大型ヘリが着陸してくる。その様子を四方八方からドローンのカメラで撮っていた。

　台湾が海兵隊員の生還を大々的に公表する前に、映画じみた動画編集が行われ、台湾の発表に間髪入れずに公開されるだろう。

　それで、解放軍の面子は立つ。

　認めがたいが、雷炎が言っていることは正しいと姚提督は思った。

　どんなに惨めな負け戦でも、情報化社会では勝利に偽造できるのだ。


　陸上自衛隊〈サイレント・コア〉の原田拓海一尉を乗せたブラックホーク・ヘリは、航空自衛隊入間基地に向かうと、C－2輸送機の近くに着陸した。機内ではすでに医療物資が搭載され、それを二人の医師が最終確認している。

　航空自衛隊時代、所沢の防衛医大付属病院で世話になった医師がいた。永瀬豊二佐は珍しいキャリアの持ち主で、防衛医大卒で陸上自衛隊のレンジャー・バッジを持っている変わり者だった。専門は救急医療だ。

永瀬が、陸自の作業服を着た男性医師を紹介してきた。

「三宅隆敏先生だ。一応、三佐の肩書きをもっている。入隊してまだ一年も経っていないけどね」

「ああ、誰かに騙されて予備自に登録したのですね」と原田は敬礼した。

「全くだよ。コロナ禍の最中に予備自に入っていれば、感染で死んでも殉職扱いで国からそれなりの弔慰金と、遺族には年金が支給されると聞いたものだから、うっかり応じたんだ。予備役から真っ先に投入されるのって変だよね？」

「この先生は、感染症の中でも凶悪なタイプに詳しいんだ。MERSも専門のひとつなんだよ。感染症のスペシャリストとして乗ってもらった」

「よろしくお願いします。そして永瀬先生のご専門は、救急救命室でしたよね」

「それがさ、僕もコロナ禍の最中に集中治療室の担当になって、高齢者に片っ端からECMOを使ったんだ。あれは面白いと思った。だから最近は、急性期管理学術を勉強している。つまり、ICU専門だね。とはいっても、ベテラン看護師には及ばない。リクエストがあったNO治療の管理もやったよ。あれで何人も高齢者が助かったんだ。このウイルスがコロナに似ているなら、効果を発揮するだろう。さて、これから南紀白浜空港へ飛び、そこで海保のヘリに物資を積み替える。ヘリ四機分の荷物を一気に運ぶんだ。向こうは一度だけ補給を許すと言ったそうだが、機数の制限はなかった。往復させるのはどうかと思うので、ヘリの数だけ確保したよ」

最後に防衛医大付属病院の看護師六人が乗り込んで、C－2輸送機は離陸した。

　片道切符の特攻任務にならなければいいがと、皆が思っていた。


　〝ヘブン・オン・アース〟号のオーケストラは、一管編成三十数名からなるいわゆる室内管弦楽団だ。オケというには、だいぶ小さい。

　だが、全員腕は良かった。半分はコロナ禍で職を失ったプロオケのメンバーだったからだ。

　今回の演奏会前には、船長から船内放送があった。「乗客の皆様は、支給されたマスクをつけて、中庭を見下ろすデッキやベランダに出ても大丈夫です。ただし、デッキに出るときは隣との距離を十分に取ってください」と告げていた。

　是枝飛雄馬はバイオリンを持ち、最初にサミュエル・バーバー作曲〝弦楽のためのアダージョ〟を演奏した。誰もがその旋律を知っているのに、題名は知らないというありがちな曲だ。

　これはもともと船内で開かれていたシンポジウムの最終日、横浜下船前のセレモニーでCOVID－19に斃れた世界中の死者を悼んで演奏する予定となっていた曲だ。

　演奏当初はほとんど人気は無かったが、途中から次々と人がデッキに出てきた。上から怖々と中庭を見下ろしているのがわかった。

　一曲目が終わると、少し明るい旋律の曲ということでチャイコフスキーの〝ヴァイオリン協奏曲ニ長調・作品35〟を演奏した。もちろん、是枝がソロを弾いた。

　疲れていたが、是枝は、その曲を正装して堂々と奏でた。この中庭は、もともとこういう演奏会が開かれることを前提に設計されたようで、音響には申し分無い。

このメロディが、浪川恵美子の耳にも届くことを祈りながら弾く。むしろ、彼女一人に聴かせるように全力で演奏した。

四〇分間の公演が終わる頃には、発病していない乗客のほとんどが部屋を出てきて、音楽に聴き入っていた。中庭には、乗員も集まっていた。

終わった瞬間、万雷（ばんらい）の拍手が捧げられた。アンコールの声が上がると、シベリウスの〝交響詩フィンランディア〟――圧政からの解放という意味で、テロリズムへの抵抗を込めた曲だ――を弾いた。

その演奏が終わるのを待っていたかのように、海保の大型ヘリが来て、客船のヘリパッドに着陸しては、物資を降ろして引き揚げていった。最後の四機目のヘリからは、医療スタッフが降りてきた。

すぐに是枝は自室に戻り、バイオリンをケースに入れて、着替えてから診療所に戻ると、五藤医師が呆気にとらた顔で「君、徹夜明けだよね」と問うてきた。

「ええ、まあ。でも若いですから」

「応援部隊が入ってくれた。引き継ぎをしたら、空いているベッドで私も寝るよ。君も、一度しっかり寝た方がいい」

ここで診察室にブリッジから電話がかかってきた。五藤が受話器を取ったが、相手は是枝を名指ししてきたらしい。

なんと電話の相手はナジーブ・ハリーファだった。

「ミスター、まず君の演奏に最大級のブラボーを捧げるよ。だが、最後のフィンランディアはいただけない。あれは挑戦的だ。われわれは決して圧政者ではないのだ。あの曲は香港や北京、ウイグルでこそ演奏されるべきものだ。それに、最初のあれは葬送曲だろう」

「違います。あなたはわかっていません。あのアダージョは、寛容と赦しのためのメロディだ！」

吐き捨てるようにそれだけ言って、是枝は電話を切った。

上階から、助っ人集団が完全武装で降りてくる。彼らは手袋を二重にし、マスクに帽子まで被っていたため顔は見えない。透明ゴーグルまでかけていた。これ以上の防護措置は、換気装置を持ち歩く気密服しかないだろうというぐらいの厳重装備だ。

「五藤先生、ご苦労だった。後はわれわれが引き継ぐから、しばらく休んでくれ」

その声で、五藤はそれが大学時代の先輩というか、恩師だと気づいた。

「三宅先生！　なんでこのような危険な場所にあなたが」

「それがね、厚労省から電話がかかってきたんだ。あなたは予備自に登録してらっしゃるし、客船で孤軍奮闘している五藤先生はお弟子さんではありませんか、とさ。そんなことを言われたら、来ないわけにもいかないだろう？　だいたい君の方こそ、臨床はからきしなのになんでこんなところにいるの？」

三宅医師は防衛医大の永瀬豊と、看護師たちを紹介してきた。

「すみません。一通り入院患者の状況を説明しますから、本当にもう寝てもいいんでしょうか」

「もちろんだ。八時間くらいたっぷり寝ろ。必要な措置はわれわれで片付ける。カサロヴァ先生たちも、一度ゆっくり寝てもらった方がいい」

すぐに五藤は病室に収容した患者一人一人の容態について説明し、とりわけ症状が悪化しつづけている浪川の治療方針を早急に立ててくれと要請した。

それが終わると、五分後には未使用の病室のベッドで鼾を掻いていた。


その後、現場の指揮をとる永瀬二佐は、まずは防護衣を着替える場所を確保するため、船尾側の露天デッキに、持参したテントで更衣室を作った。そして、これからこのウイルスを生物兵器として扱うことを宣言した。

原田は、応援部隊と一緒に入院患者のバイタルを一通りチェックすると、是枝から各患者の個人情報や注意点を再度聴き取った。是枝にとって浪川が特別な存在だということはすぐわかったが、それよりも彼女がBCGをはじめとして、子供時代に受けておくべき予防接種を全く受けていないというのが気になった。

引き継ぎが終わると、マスクや栄養ゼリーが入った二重底の段ボール箱を二つ持って、是枝の案内で、日本側代表団の部屋へと向かう。

途中アルコール・スプレーで、段ボールを隅々まで消毒した。

「是枝さん、空挺団というところをご存じでしょうか。パラシュートで降りて戦う部隊です。自分は千葉県習志野にある空挺団の衛生隊員、つまり衛生兵です。看護師資格をもっています。実は、防衛政務官の桑原博司先生が、昨日から二度ほど部隊を訪ねて来られました。政務官としてではなく、父親としてです」

「……あなたは、僕に何と言ってほしいのですか。一度も会ったことが無い、遺伝子上の父親が、ご迷惑をおかけして申し訳無い、とか？」

「いいえ。あなたには関係無いことだとはわかっています。自分も、母子家庭で育ちました。父親がどこの誰かは知らないし、知りたいとも思わない。母親も、酷い人間でした。生活保護費はもらったらすぐにギャンブルで使い果たして、自分は、施設で育ちました」

「そう、なんですね。それにしても、あんな、秘書をバインダーで殴るような男が、どうして政府の要職などにつけるのか……」

そんなニュースが数年前、週刊誌などで報道されたことを原田は思い出した。

「確かに、熱血漢なところはありましたね。でも、テロリストの首魁(しゅかい)に会いに行くなんて、あなたも無茶な行動をしてますよ」

原田はマスクの下で笑いながら言った。

「外務省も同じことを言ったと思いますが、われわれもそのアラブ人に関心があります」

「原田さんは、衛生兵ですよね？　もしかして本当は、抜群の戦闘スキルをもった戦艦のコックとかなんですか」

「いえいえ、注射が打てる衛生兵です。それ以外の仕事もこなすというだけで」

日本側代表団の部屋に到着した。部屋に入ると、外務省の九条寛がソファに寝ていた。

むっくりと起き上がると、まず是枝に向けて「見事な演奏でした。ソロ演奏を称賛すべきだと思いますが、個人的にはフィンランディアが素晴らしかった。きっと多くの乗員乗客を勇気づけたことでしょう」と誉めた。

「ありがとうございます。そのつもりで選曲しました」

二人の会話中、原田は「自分のことは、音無さんにでも聞いてください」と言って、段ボール箱をテーブルの上に置いた。

「下の箱は、米側代表団への贈り物です。自分が運んでもいいですが、外務省からプレゼントした方がいいですよね」

「気を利かせていただき、すみません」

段ボールには、大量の栄養ゼリーやマスク、のど飴、消毒セットが入っていた。

よく見ると、二重底になっている。そこには様々な通信装置を入れていた。

「まず電力が落ちた場合に備えて、ソーラー・パネルと予備の衛星携帯。デジタル無線機は、神戸や横浜に近づいたら使えるはずです。常に誰かがモニターしていますので。使用方法は音無さんが知っています。そういえば、音無さんのご様子はいかがですか」

「隣の部屋で寝ていますよ。……あの人、戦車で轢いても死ななそうな人ですよね」

「ええ、まあ。ちょっと様子を観察してから引き揚げます」

ここで、「起きているぞ、原田ぁ」という声が聞こえてきた。原田は栄養ゼリーとオキシメーターを持って隣室を覗く。

「お久しぶりです、隊長。体調はいかがですか?」

「身体の節々が痛みはじめている。インフルエンザの前駆症状みたいな感じだな」

音無は、背中を向けたままそう言った。

「そうですか。それにしてもここ、豪勢な部屋ですね」

「俺の部屋じゃないがな。バルコニーに出てみろよ。さらに豪華だぞ。俺の部屋からは中庭の模造ツリーしか見えん。この上に、ジャグジー付きのバルコニーもあるがな」

「脈を測らせてください」

「触るな！　男か女かわからん看護師じゃなく、本物の看護婦を連れてこい」

「はあ……。では、オキシメーターで酸素飽和度を測りますね」

これには音無は素直に左腕を差し出した。

「土門さんはじめ、皆さん心配してますよ」

「心配？　何をだ」

「それは、ええと――」

「ふん。どうせ葬式の日取りとかを話し合っていたんだろう」

「まあ、部隊葬となると、日取りは事前に詰める必要がありますからね。あ、そうだ。もし隊舎の建て替えが叶うようなら、建物の名前を〝音無記念館〞に変えようかという話はありましたね」

「嬉しくて泣けてくるね。だいたいなんで特殊部隊の小隊長が衛生兵なんだよ」

「それを仰るなら、前の小隊長も、特技が法務だったり、もう一人は中国拳法の使い手で中華料理屋の跡取り娘でしょう。それも変ですよね？」

「あの頃はな、資金は潤沢(じゅんたく)だったんだが、人事で無茶を言えるほどの実力がまだ俺にも無かったんだ。知っているか、土門が着任した日のこと。特技が法務とあるから、俺はてっきり何かの間違いだと思って、帰ってくれと追い返したんだ。そうしたら、これから国連平和維持活動(PKO)任務も増えるから、国際法の知識は必須だ、この人事は幕として検討した結果だと言われてな」

「隊史に書いておきましょう。――酸素飽和度はまだ十分です。自覚症状が出る前に酸素飽和度が低下することがあるので、気をつけてくださいね。これは、計測日時と数値をメモリに記憶し続けますから。あとでまた専門の医師に、診察に来てもらいます」

「制圧作戦はどうなっている」

「特警隊が練っていることでしょう。ここには自分は、看護師として来ました。もちろん、必要な偵察は行いますが」

「そういえばお前さん、結婚したんだっけ」

「地獄耳ですね」

　原田は驚いた。いったい誰から聞いたのだろう。

「いつ誰に寝首を掻かれるともわからんから、情報は必要だからな。もう、船内のほぼ全員が感染しているはずだ。ここから無事に脱出するのは、至難だぞ」

「本来のＭＥＲＳの感染力は知れています。一人の感染者からうつるのはせいぜい一人。ＣＯＶＩＤ－19とは違う。全員が暴露したというのと感染する可能性があるというのは別ですから」

「それは、特殊部隊の小隊長に必要な知識なのか」

「ええ。敵の正体を知っていれば、おそれずに行動できます」

「もう行け。〝蛟竜突撃隊〟の生き残りがいる。後で会ってやれ。俺はもう役には立たんかもしれないからな」

「お大事になさってください。ＰＣＲ検査や抗体検査キットも大量に持ってきたので、後で検査しますね」

　音無はとうとう一度も振り向かず、顔を見せなかった。窶れた顔を見せたくはないのだろうと、原田は理解した。

　部屋を出ると、九条に向かって「米側代表団の様子はどうですか」と聞いた。

「それなりの頻度で連絡は取っていますが、あちらはまだ発症者は出ていないそうです。それはおそらく事実でしょう。私も、まだ何ともありません」

「とにかく、睡眠をたっぷり取ってください。特効薬が無い病気に対しては、基礎体力と免疫力だけが頼りですから。疲労と睡眠不足が一番よくありません」

　原田は是枝を伴い、米側代表団の部屋へ赴くという九条と一緒に部屋を出た。

奇妙な感覚だ。乗っ取られているというのに、この客船にはどこにもテロリストの姿はない。

一時間後、入院患者全員のPCR検査の結果が出た。

全員がMERSウイルスに対して陽性反応が出た。

これで、船内で拡がっている感染症がMERSであることが確定したのだ。

国内安全保衛局ウルムチ支局の蘇躍(スゥユエ)二級警督（警部）は、たまたまウルムチ空港にいた旅客機に乗せられて、上海へと飛んでいた。

理由は知らされなかった。ただそう命令されただけだ。

着陸した上海虹橋(ホンチャオ)国際空港は主に国内線で使用されるが、今はひっそりと静まり返っていた。

ありとあらゆる民航機が、ターミナルデッキに止められたままだ。空港には人が動く気配は無い。

滑走路端で機体が停止すると、タラップが近づいてくる。接舷すると、運転手は運転席から降りて一目散に駆け出した。

地上に降りると、クルーがタラップを足で押し出し、ハッチを閉めて機体は轟音(ごうおん)を立ててその場で回頭し離陸していった。

空港の北の方で黒煙が上がっているのが見えた。火災が起こっているようだ。

蘇警部は、やれやれとぼやくと、二度と関わり合いたくないと思った男の短縮ダイヤルを押した。

シンガポールにあるインターポール反テロ調整室(RTCN)・代表統括官である許文龍(シュウェンロン)警視正の番号だ。

「警視正殿、いったいこれはどういうわけだ？　誘拐であり、人権侵害だぞ！　そもそも上海は汚染地域として封鎖されている。そんな場所に俺を送り込もうなんてのは、一歩間違えば殺人行為だ」

「抗議はメモしておく。今は貴様しか信頼できる人間がいないんだ。すぐにハミール・エジルを探せ！　貴様が見つけた容疑者だ。最後までやり遂げたいだろう」

「いやいや、命を危険に晒してまで仕事する義理なんてない。そりゃお前さんは、シンガポールなんて安全地帯にいて、人を動かすだけで出世できるだろうが。俺が死ぬのは構わないのか？」

「上海の総人口は二四〇〇万人だ。一ヶ月以内に一五〇〇万人が死ぬかもしれない。三日で医療体制が崩壊し、軍は主要道路を封鎖して市民を巨大な牢獄に押し込めるだろう。最悪の場合、都市に核爆弾を投下して何もかもを焼き尽くすしかなくなる。現に今、中南海ではそれが検討されているはずだ」

「俺には関係ない。そもそも俺はこの三年間、ウルムチで、貴様ら北京のエリートがしでかしたことの尻ぬぐいをしてたんだぞ」

「聞いてくれ、蘇躍。お前しかいないんだ！　俺が上海に飛んでいってもいいが、移動している時間が勿体無いし、ここRTCNでやらなきゃならんこともある。だから、お前のような有能な奴に、現場で指揮をとってほしい。一級警督（警視）に昇進させて、現場の指揮権を与える。何なら新しい階級章で警察手帳も作らせるぞ。だから、なんとしてもハミール・エジルを探し出せ！」

「……そもそも、そいつがまだ上海に留まっている証拠はあるのか？　すでに多くの感染者が上海の外に出た後だろうに。そんな連中が国際線の飛行機に乗って、すでに外国に繰り出していても不思議には思わないがな」

「その可能性はあるが、俺の勘は、エジルはまだ上海市内にいると言っている。あいつがどこでウイルスをばらまいたかを探れば、国内感染の速度を抑えられる」

覆面パトカーが一台近付いてきた。

「わかったよ！　貴様は俺が感染して死んだところで、涙ひとつ流しやしないだろう？」

「そうだ、これが仕事だからだ。——切るぞ、次は朗報(ろうほう)を待っている」

電話は一方的に切れた。

覆面パトカーが、立ち尽くしていた蘇からだいぶ離れた場所で止まる。

「上海支局の秦卓凡(チィンチュオファン)二級警督（警部）です！　マスクはお持ちですか⁉」

降りてきた私服警官がそう叫んだ。まだ二〇メートルは離れている。三〇歳を僅かに過ぎたような、まだ童顔が残る男だった。地元採用組でこの年齢で警部なら、きっとエリートなのだろう。

「いや、無い」

「では、まずこれを付けてください」

彼はN95マスクを一枚地面に置いたが、あっという間に風に飛ばされていった。

「ああ、くそ」と秦は呻いたが、後の祭りだった。やむなく自分のマスクを手で抑えながら近づき、ポケットからもう一枚を出して手渡してきた。

「申し訳ありません、あなたの安全のためです。自分らはもう感染している可能性がある」

蘇は黙ってそのマスクをつけた。

「ええと、警視ということで、よろしいのですか？」

「俺も今はじめて聞かされた。たった今、一級警督に出世したらしい」

「凄いですね。許文龍警視正って、やり手なんでしょう？　あの人の部下だったなんて」

「いや、あいつはただの人間の屑(くず)だ！　部下だったことも一度も無い。ただの同僚だった。だいたいウルムチ支局なんぞにエリートが行くと思うか？　ゲシュタポ司令部だぞ」

「……自分もちょっと、ああいうところで、民族紛争に対処するのはごめんですが」

「ふん。上海は、もう封鎖されているのか？」

「昨夜のうちに鉄道と空港が閉鎖され、日付がかわる前に、上海に出入りできる全ての幹線道路も封鎖されました。ネズミ一匹出られません。事実、火炎放射器を持った軍が、野生動物を見かけると焼き殺していますね」

「封じ込めはできたと思うか？」

「そんなのは、絶対無理ですよ！　誰かが客船から上陸したのであれば、二次感染者はとっくに上海を出ています。この封鎖は、全国規模に拡がる速度を落とすことには貢献するのでしょう」

「行政当局の発表は、どうなっているか」

「一応、予防措置ということになっています。WHOがGORANというグローバル・アラートを出しましたが、政府として過剰反応だと世界に抗議している手前、表立っての警戒は口にできない。実質、上海をロックダウンしたとはいえ、パニック防止のためにもこれ以上に強い警告はできないのでしょうね。幸いコロナでの経験があるので、市民は冷静です。繁華街がゴースト・タウンのように静まり返っていることを除けば、パニックは起こっていません。それらしき発症者も、今のところ報告は無いみたいです」

「そうか。それで、首尾は？」

「はい、二正面から捜索を開始しています。ひとつは、RTCNから提案があった、該当者に協力しそうな上海周辺の不満分子を洗う手法で、すでに一〇〇〇人前後を拘束し、取調中です」

「そんなにいるのか……」

「これでも、絞った方です。あとは該当者は変装の達人だということですが、〝千里眼〟システムの改善でそれに対応するプログラムの変更作業を行っています。〝千里眼〟システムは、ご存じのように監視カメラに映ったあらゆる人間を顔認識ソフトにかけて、国家がもつ個人のデータベースと照合し瞬時に身元を同定します。ところが中にはエラーが発生し、どうしても紐付けが不可能な個人が出てきます。一万人に一人くらいだそうですが、理由はよくわかっていません。もし該当者が変装していたら、そういうエラーとして報告されるグループに選別されているはずです。なので、そのエラーリストを作り、逆にそれを追いかけるプログラムを作らせています。これが完成すれば、あとはプログラムを走らせて、人海戦術で潰していくだけです」

「口で説明する限り、簡単そうだが……」

「仰る通りです。尋問ができるベテランの捜査員も限られていますので。これから、セーフハウスにご案内しますね。ロックダウンされてから、支局への出入りは禁止されて、各捜査班ごとにセーフハウスを拠点に活動するよう命令が出ていますので」

「わかった。ところで、あの黒煙は何だ？」

「それが、北米へ向かっていた旅客機が一機いたのですが、カナダやアメリカからも着陸を拒否されました。引き返した時には、燃料は十分もつ予定だったらしいのですが、偏西風が強く、上海上空に辿り着いた時に、すでに燃料が残っていなかった。おそらく、パイロットが機転を利かせたのでしょう。高速と小川に挟まれた林に不時着を試みて、結果、墜落しました。残念ながら、生存者は僅かです。どうせなら上海の外に着陸すればよかったのに……。おそらくは、上海にしか着陸を許されなかったのでしょうね。あちこちで似たような不時着事故が起こっています。ネット上での噂話ですが。五毛党（ウーマオダン）が片っ端から消しまくっていますので……」

蘇にとっては、久しぶりの大都会だった。

あの乾いたムスリムの町からやってくると、高層ビルが林立している上海はまるで外国のようだった。

こんなにも広大な国で、民族も宗教も言葉も違う国を、党は共産主義という黴（かび）が生えたカルトで統一しようとしている。

本当に馬鹿げているとしか思えなかった。

中国海軍の特殊部隊を率いる人民解放軍総参謀部作戦部特殊作戦局局長兼特殊戦司令官の任思遠（レンスユアン）海軍少将は、北京市郊外、西山国立公園の奥にある人民解放軍地下軍事司令部の中にいた。

地下軍事司令部と言っても、花崗岩（かこうがん）の中に穿たれた空間はあまりにも広く、建物が巨大で地下にいるという感覚が抱けない。窓が無いだけで空気はつねに新鮮で、インターネットも使用できるのだ。

任提督は、そこに最小限の人員を連れて司令部機能を移行していた。万一に備えてのことだが、自分ですら東沙島攻略にはじまった軍事作戦がどこまで進むのかは報されてはいなかった。

昨夜の豪華客船襲撃は結果として失敗したが、めげてはいなかった。落ち込んでいる場合でもない。この後、自分の部隊が活躍する機会はいくらでも巡ってくるはずだ。

世界は、特殊部隊を必要としている。米軍に至っては、今や特殊部隊を揺籃（ようらん）するための正規軍だ。戦争は州軍に代替させ、もっぱら正規軍は一〇万人規模に膨れ上がった特殊部隊の選抜部隊、そして支援部隊と化している。

人民解放軍も、そうならねばならなかった。

任に、この穴蔵に入るよう命じた中南海の中央弁公庁副主任の潘宏大（パンホンタァ）氏は、背広姿でここに現れた。マスクをしている。昨夜から、この洞窟司令部でも全員がマスクの着用を義務づけられていた。

ここは軍事基地だ。党の要人といえども、存在を知らない者が多い。ここに背広姿で出入りできるという事実が、中央弁公庁という組織の権力の大きさを物語っていた。

中央弁公庁こそが党の核心。巨大な中国を動かす、中南海の権力機構の要なのだ。

洞窟軍事司令部は、中央をトラックが走り回る巨大な空間に壁際に四階立てのビルが二棟向き合っている。更に地階が何層分あるのかはわからなかった。任の臨時司令部は、そのビルの上の階の奥にあった。

潘は上機嫌というほどではないが、まず前夜の襲撃作戦を称えてきた。

「私は軍事作戦の知識は無いし、君たちが払った犠牲がどれほど大きいかもわからない。だが、船内に未だにコマンドが踏みとどまっているという事実は励みになるよ。指導部は、絵を欲している。あの船が制圧された時、君の部下たちが犯人一味を引き捕らえて下船する絵をね。日本政府に要求すれば、彼らは同意するだろう」

粗末な肘掛け椅子で向き合いながら、潘はそう話す。

「戦死者の遺族には、もちろん勲章と、それなりの弔慰金も用意されるだろう」

「恐縮です。今現在、どのような作戦が可能か研究中です。ひょっとしたら、日本側の協力を仰ぐことになるかもしれませんが……」

「構わないよ。結果として、テロリストが捕縛なり一掃されるのであれば、後は国内向けにいくらでもストーリーは作れる。それがわれわれの仕事だ。こういう時に申し訳無いが、われわれは立ち止まっているわけにはいかない。次の任務が待っているのだが――」

潘は、前日は持ち歩いていなかったブリーフケースを膝に置くと、ファイルに挟まれた一枚のA4ペーパーを出して机に置いた。

ペーパーの上に入っている数字やアルファベットは、スパイ衛星の撮影による高解像度写真であることを示していた。

何かの島影が映っている。赤外線写真だ。

位置座標衛星〝北斗〟の座標が書き込まれていたが、調べるまでもなかった。任は、その島の攻略方法を何度も研究したことがあったからだ。

「釣魚台、ですね」

「そうだ。今朝、日の出前に撮影された。私にはさっぱり見えないんだが、ここと、この辺りに、人影と思しき熱源があるらしい」

「この島は、過去に持ち込まれた山羊が野生化して繁殖しており、人間との見分けが非常に難しいと認識しています。間違いなく人間なのですか？」

「という話だ」

「……台湾？　それとも、日本でしょうか」

「台湾ではない。おそらく日本、自衛隊だ」

「驚きました。日本は、そういうことはしないと思っていたので」

「東沙島沖で、味方のフリゲイトが魚雷攻撃を受けて沈没したことは聞いているかね？」

「はい。撤退する台湾軍兵士を乗せた潜水艦による攻撃だと聞いております」

「それも日本だ。日本の潜水艦にやられたらしい。少なくとも、現場の南海艦隊司令官はそう信じている。状況証拠も、多数あるようだ。君が考えるより深く、早く、日本は動いている」

「しかしこれは、いわゆる釣魚台の均衡を崩す暴挙です。特殊部隊ですか？　それとも水機団でしょうか」

「わからない。海上自衛隊にある特警隊は、君の突撃隊と似ているそうだが、それかもしれないし、あるいは水機団という日本版海兵隊かもしれない。部隊規模も不明だ。大隊規模ということはなかろうが、小隊規模か中隊規模かも現在不明だ」

「公表されたら、人民の世論が沸騰しますね」

「そうなるだろうな。だがこれは、カードとして使える。中南海でも、いろいろと議論があってな。日本がこうして出てきたからには、それなりの覚悟があってのことだろうから、これを挑発と受け止め、大々的に対応していいものかどうか、意見が分かれているんだ。私が直接聞いたわけではないから明言できないが、この戦争は、おそらく台湾を屈服させるまでいくだろう。上陸はせずとも、北京への服従を奴らに認めさせるまでな。そのためには、南では東沙島、北では釣魚台の制圧が大前提になる。だが、指導部としては釣魚台は現状程度の攻勢で、じきに日本は気力体力が尽きて自然と手放すだろうと目論んでいた。そうでないとするなら、われわれは日本の意図を探る必要がある。方法は問わない。潜水艦だろうがステルス機だろうが、あるいは大陸間弾道弾だろうがな。君らには、速やかに島に潜入してほしい。敵の勢力と、もし可能なら捕虜もとり、今回の意図を尋問しても構わない」

「了解しました。しかし、もし戦闘になった場合は……」

「問題は、まさにそこだ。もし島全体を制圧できるようなら、それでいいだろう。先に兵を挙げて均衡を崩したのは日本だ。われわれは堂々と実効支配を宣言できる。日本は、まあ、しばらくはぶつぶつ言うだろうがいずれは黙る。そういう国だ。だが、戦闘を前提にはしないでくれ。正直、釣魚台に戦力を集中できる余裕があるかどうかはわからない。まずは東沙島をしっかり守れるかだ。……ああ、これについては、額面通りに受けとってほしい。こういうことを言うと、君たち軍人はしばしば逆の意味で理解してしまう。戦闘状態に入って敵を殲滅しろということだと受け取る傾向がある。だが、この命令に他意はないのだ。圧倒的に勝てるという状況であっても、戦闘して敵を駆逐するかどうかは、こちらで判断する」

「了解しました。完全に、理解しました。部隊にも徹底させます。速やかに潜入方法を考えます。潜水艦が一番無難ですが、時間がかかるかもしれない」

「急いでくれ。急ぎの作戦ばかりですまないな」

潘宏大が写真を仕舞って部屋を出ていくと、任は、奥の仮眠室にいた局次長の黄桐(ホアントン)大佐を招いて状況を説明した。

大佐は、信じられないという顔をした。

「本当なのですか？　たかが哨戒機一機を撃墜された程度で、あの国がそこまでやりますかね」

「ああ。事実ではないかもしれない。日本が陸兵を上げたことにして、われわれを島に送り込みたい連中がいるのかもしれん。だが台湾攻略では、釣魚台が目障りなことは事実だ」

「あそこを取ったところで、沖縄以下の南西諸島が手に入らなければ、われわれは自由に太平洋に出入りできないじゃないですか。日本は今その群島に、ずらりと地対艦ミサイルを並べようとしている」

「沖縄は、現状の心理戦作戦が実れば、いつかは日本から独立して手に入れることができる。だが、それまで待てないことも事実だし、釣魚台が確実にわれわれのものになれば、沖縄の民心も誰につくべきかを強く理解する」

「例のステルス機を使う手もありますが」

「いや、あれは駄目だ。本当にレーダーに映らないのか、私は疑っているよ。沖縄にいるのは、ステルス機が見えるという噂のE－2D早期警戒機だ。ここは無難に潜水艦で近づこう。潜水艦隊司令部と調整し、今釣魚台に一番近い潜水艦を二隻選んでただちに向かわせてくれ。原潜、通常動力どちらでも構わない。二隻とも使うか、一隻で間に合わせるかは追って連絡すると」

「部隊はどうしますか。主力の〝四一四突撃隊〟は潰滅し、〝蛟竜突撃隊〟も、客船に随伴する巡視船の船上です。二番手を使うしかありません」

「そこは仕方無いな。二番手といっても、〝蛟竜突撃隊〟なら問題無いだろう。それなりの規模の部隊だ、やってのけるさ。指揮官を選ぼう」

「わかりました。……しかし、われわれはこんなことをやっている場合なのでしょうか？　世界中からロックダウンされているというのに」

「コロナの時より、早かったな。あの時は、各国とも北京の顔色を見ながら国境を閉ざしたのに、今回は世界同時だ。瞬時に行われた。前回もそうだったが、中国市場を失えばどんな経済不況に直面するか、世界はいずれ気づくさ。自国に関しては、一度はじめた戦争を止めるのは事だ。こんな最中にも戦争を継続するしかないのは、そんな事情があるんだろう」

「では自分は、潜水艦隊司令部と調整してきます」

任提督は、誰に指揮を委ねるべきか考えた。迷うことはない。最初から一人しかいなかった。彼を呼び戻す。副官を呼ぶと、ある将校を急いで探し出し、ここに連れてくるよう命じた。

　本人は嫌がるだろうが、ここは是非もなく命ずるしかない。


　永瀬豊二佐と原田一尉は、入院患者から取った血液サンプルと唾液(だえき)、綿棒などを、まずクッションの中身のスポンジに包み、さらにそれをスポンジのクッションの中に入れて、氷と一緒にゴミ袋で包んだ。

　そのゴミ袋も入念に消毒してから、下のデッキへと降りた。ひたすら後部へと移動し、船尾の露天甲板に出た。

　この客船の船尾デッキは、下から上に向かって斜めに階段状に作られている。つまりどの階層の最後尾からも空が見えて、逆に舷縁から身を乗り出さないと階下のデッキは見えない構造だった。斜面を利用して建てられたマンションと同じ設計だ。

　持っていたものを、前もってクルーに用意させた発泡スチロールの箱に入れ、ガムテープでぐるぐる巻きにする。

　船の後ろには二隻の巡視船がいる。六〇〇メートルほど後方だった。そのうちの一隻が減速しはじめ、ランチを降ろす準備をしているのが見えた。

　傍らにトローリング用の釣り竿が置いてある。その釣り糸で箱を巻く。

「原田さんは、釣りとかするの？」

「駐屯地はだいぶ内陸部ですからね。それに、部隊で釣りに出て、士官殿が大物を釣り上げちゃ拙いので」

「俺は瀬戸内(せとうち)の出身だから、潮の香りを嗅ぐと田舎(いなか)を思い出すよ」

　釣り竿でそろりそろりと箱を出し、ゆっくりと海面付近に降ろす。着水させると、ある程度船から離れたところで釣り糸を切った。

すでにランチが発進している。洋上に漂う発泡スチロールの箱の上をヘリが舞い、その場所をランチに教えていた。

ふと空を見上げると、カイトのような白いドローンが飛んでいる。ロープで船体と繋がっていた。見とれるような飛び方だったが、これはテロリストグループが、死角から船に接近する者を警戒するために飛ばしているものだ。

きっと、このリリースも目撃されるに違いない。

「これで何かわかればいいですが……」

「そうだね。まず、全員同じ型に感染しているかどうかがわかるだろう。ウイルスの凶悪度も、COVID-19のどのあたりの遺伝子を組み込んだかもわかる。試料は米軍に渡り、国防高等研究計画局(DARPA)が資金提供する研究機関でじきにメッセンジャーRNAワクチンの開発がはじまる。COVID-19の経験があるので、DARPAは今回、一ヶ月でワクチンを開発してみせると豪語しているらしいよ。実際、このウイルスがMERSウイルスの致死率とCOVID-19の感染力をもっているなら、人類社会は一ヶ月で崩壊するだろう。半年もかけていては、十数億もの人間が死ぬことになる」

ランチが止まり、ダイバーが飛び込むとその白い箱を掲げて引き揚げる様子が見てとれた。

ランチの乗組員は、全員が白い防護衣姿だ。

「……彼の前では言えなかったんだが、あのビオラ奏者の女性には、NO治療が必要だろう。それで助かればいいんだが、正直見通しは暗いな。どういう理由かは不明だが、COVID-19でも、特に既往症も無く、酒もたばこもやらないのに、やたらウイルスに対して感受性が高い患者がいた。サイトカインストームを起こして、あっという間に悪化するんだ。ただしこれは、現役世代といっても、六〇歳前後で起こったことだ。あの年で、この急激な悪化は珍しい。そういう患者は、人工呼吸器を使おうがＥＣＭＯを使おうが、どうしても助からない。祈るしかないかもしれんな」

二人はいったん上層デッキへと移ると、除染措置を受けてから防護衣をいったん着替えた。

ＣＯＶＩＤ－19時の経験を活かし、船内感染を防ぐための対策が講じられていた。

第五章　生還

浩菲（ハオフェイ）中佐が指揮するKJ－600（空警－600）と鍾桂蘭（チォンクイラン）少佐が指揮するY－9X哨戒機は、夕方になり日差しが傾いた頃、人民解放軍寧波海軍飛行場へと戻ってきた。空警－600はいったん汕頭（スワトウ）飛行場に降りて補給を受けての帰還だったが、Y－9Xは東沙諸島からまっすぐ飛んできている。

搭乗員は、全員くたくただった。ハンガー前のエプロンに駐機しタラップを降りると、ほぼ全員が伸びの姿勢をして背筋をほぐし肉体を解放した。

地上に降り立っても、耳鳴りがしているようだ。エンジン音が頭の奥で唸り続けていた。

先に着陸した浩中佐は隣に駐機したY－9Xに乗り込み、着陸後のシステムダウン作業を行っている鍾桂蘭少佐をねぎらった。

「ご苦労様！　見事、潜水艦を発見したそうね」

「ありがとうございます。でも、その後の顛末（てんまつ）を考えると全然喜べないですよ。自分があの潜水艦を見逃していたら、今頃フリゲイト〝巣湖（チャオフー）〟はまだ浮かんでいたんですから……。この葛藤をどう処理すればいいのか。二〇〇名近い乗組員が、海の藻屑（もくず）になったんです」

鍾少佐の顔には、泣いたような痕があった。

「これが、戦争よ。私の空警なんてミサイル一発積めないのに、あなたの哨戒機は爆雷もミサイルも積める。敵討ちができるじゃないの」

「今は、そんな気分じゃないです。浴びるほど酒を飲んで、何もかもを忘れたい。……囮魚雷に、びくともしなかった。深度八〇〇メートルを音もなく疾走し、〝巣湖〟の真下から駆け上ってきて命中した。あれは、間違いなく日本の18式魚雷だと思います。あんなのに狙われたら、水上艦は逃げられない。だから撃たれる前に潜水艦を発見しなきゃならないんです！」

　コクピットの外では、見知らぬ男が機付き長の高学兵（カオシュエビン）中尉と話し込んでいた。親しそうなやりとりをしているように見えたが、見覚えは無い。

　その男性が、タラップを駆け上がってきた。飛行服ではないため、航空隊の将校ではなさそうだ。

「やあお二人さん、ご機嫌よう！　お目にかかれて光栄だ。記念写真を撮りたいくらいだよ」

　やけに陽気、というか馴れ馴れしい男だった。

「自分は、東海艦隊参謀の馬慶林（マチンリン）大佐だ。君たちの活躍を、ずっと見守っていた。少佐、そのシステムダウンはちょっと待ってくれたまえ。潜水艦の排水効果を発見した時のデータを見せてくれないか」

「はい、構いませんが」

「ありがとう。浩中佐、君の機体はF－35戦闘機を発見できる？」

「自信はあります。少なくとも、うちのJ－20とやらはまる見えですから」

「そりゃあ酷いな。日米のE－2Dより優秀？」

「それは、何とも。おそらく同時処理能力は向こうが上だと思われますし、デュアル・バンド・レーダーのシステムを構成する半導体がE－2Dと同じなら、こちらの方が性能で上回っている自信はあります」

「そういう構成パーツの優劣は、いかんともしがたいよね」

　鍾少佐は、モニター上にその時の生データを再生した。

「ここに、潜水艦の排水で盛り上がった海面があるのかな？　中佐には見える？」

「いえ、まったく」

「あの……私も、はっきりとこれがそうだという自信はないんです。事実、処理後のデータは何の異常も発しなかったので。ただ、なんとなくここにいると、直感しただけで」

「そういうことってあるよね。でも、皮肉だ。中佐の機体は、本来の装備品や性能ではなくＥＯセンサーで潜水艦を発見し、少佐もソノブイではなくてＬｉＤＡＲで発見したんだから。こういうことは、以前は合成開口レーダーとか逆合成開口レーダーで探していたんじゃないのかな」

「そうなんです。私はそれらにＬｉＤＡＲの情報を組み込むことで、発見の確率と精度をより上げられると考えています」

「なるほど。システムを統合運用してインテグレードするわけだ。僕は、技術的なことはよくわからないんだ。アメリカのマサチューセッツ工科大学でオペレーションズ・リサーチを研究して博士号を取った。まだ米中関係が良好だった頃のことだ。帰国して就職したんだけど、マーケット・リサーチは退屈でね。その時、海軍から佐官待遇で迎えるとオファーがあって、軍に入った。僕が参謀としてやっていることも、少し特殊でね。こういうシステムや新装備をインテグレートし、旧態依然とした海軍の戦法を改善しているんだよ。君たち二人の機体は、その切り札になるだろう」

　道理でと、納得した。この男の社交術はアメリカ仕込みなんだと、浩中佐は理解した。

「作戦は、南海艦隊から東海艦隊の主導に移行する。もちろん、東沙島沖で起こったことは悲劇だ。それもこれも、我が海軍が対潜哨戒にエネルギーを注がなかったからだ。なあ、少佐?」

「はい。全く同感です」

「このY-9Xは切り札にはなるが、いかんせん一機だけ。それを私のオペレーションズ・リサーチのセンスで、最適な運用を行うことになる。中佐の空警もね。先ほど下で機付き長から少し話を聞いたのだが、中佐は空母での発着艦は経験はないのかな」

「今の装備の前に、一度だけ発艦訓練を行いました。補助ロケット・ブースター使用による衝撃があまりに大きくて、それ以降の訓練は禁じました。そもそもこの機体は正規空母用ですから、スキージャンプ台での運用は考慮していません。やろうと思えばできないこともない、という程度に考えていただければと」

「そうだが、空中給油機の数も足りない。無論、釣魚台のあの辺りを監視する程度なら、陸上基地運用で構わないだろうけどね。実は、東海艦隊のタイムテーブルが少し前倒しされる可能性があるんだ。フリゲイト艦〝巣湖〟撃沈で、海軍の上層部が激怒していてね。やられたら一刻も早くやり返すべきだと息巻く、身の程知らずな連中がいる。自分たちにその能力が無いから、戦死者を出す羽目になったというのにな……。知っているかい?東沙島作戦で、われわれはもう五〇〇人以上の兵士を失っている。これには、釣魚島沖で沈んだ五隻の海警艦のクルーは入っていない。台湾側は、まだ五〇人が死んだ程度だ。東沙島は奪ったが、この戦争、解放軍はちっとも勝っちゃいないんだよ。それを東海艦隊の活躍で埋め合わせしろという、無茶な命令が出ている」

「大佐、お言葉ですが、私の空警もこの哨戒機もテストベッドです。艦隊とデータリンクすらされていません。貢献はできると思いますが、あまり期待されても……」

「わかっている。わかっているとも！　だが、この二機が性能を発揮すれば、勝利に貢献するだろう。〝戦場の霧〟を晴らすための最高の道具になるさ。――ええと、この後、着陸後ブリーフィングがあるんだよね？　早めに切り上げて、熱いシャワーでも浴びてすぐに寝てくれ。休息をどれほど与えられるかわからないがね。六時間は寝かせてやりたいが、戦える態勢を整えろと、とにかく煩いんだ。南海艦隊の教訓と反省を活かせとね。だから、よろしく頼むよ。制空権は最優先だし、たった一隻の潜水艦が空母を沈めるんだ。君たちが頼みの綱なんだ。では、また後で会おう！　戦争なんてのは、たいがい母港を出た時には勝敗が決着している。陸上での段取りが全てだ――」

大佐は駆け足でタラップを降りていった。

「……ああいう男って、どうなのかしらね」

浩中佐は彼の背中を見ながら言った。

「ええ、でもいい理解者なんじゃないですか？　技術が勝敗を決することを知っている」

「あらあなた、あんな男が好みなの？」

冗談で言ったが、「誘っていいですか」と鍾は真顔で言ってきた。

「独身とは思えないけれど……。好きにして頂戴。私は機上でブリーフィングをやっちゃったから、シャワーを浴びて寝かせてもらうわ。もうくたくたよ」

浩中佐は哨戒機から降りると、自分の機体に戻った。機付き長に整備時間の目安を聞く。本当は二日間くらいほしいが、超特急で三時間で終えるとのことだった。

シャワーに三〇分、食事に三〇分としても、せめて五時間は耳栓をして静かに寝かせてほしいと思った。

任思遠(レンスユアン)海軍少将は、探している男がすぐ見つかったことにまず驚いたし、その男が北京にいて、ほんの数時間で出頭してきたことにも驚いた。

今は民間人という立場なので、洞窟司令部に入れるのに一悶着(ひともんちゃく)はあったが、中南海の弁公室に電話を入れずに招き入れることができてほっとした。

局次長の黄桐(ホアントン)大佐を洞窟の外に出して、正面ゲートからまだ五キロも手前の検問所まで迎えに走らせねばならなかった。

現れた宋勤(ソンチン)元少佐は、少しくたびれた感じの背広を着ていた。そして、ゲートで渡されたらしいマスクもしている。

「ご無沙汰しています、提督。まさか、こんな時に」

「ああ、久しぶりだね。街の様子はどうだ?」

「明らかに、人出は減ってますね。それにみんなマスクをしているし」

「そうか。……お茶くらいは出せるんだが、何しろこんな場所だ。椅子にかけてくれ」

宋は数時間前、弁公室の要人が座っていた椅子に腰かけた。

「核戦争でもおっぱじめるつもりなんですか?」

「指導部はそこまで覚悟しているらしいが、私は詳しいことは聞かされていない。それより君は、今どこにいるんだ」

「北京大学の日本研究センターです。研究員という肩書きで」

「ほう。日本語は上達したかね」

「ええ。毎晩東京の女子大生とビデオ・チャットをしています。お互い顔を見て、互いの言語で喋ったり、言葉をテキストとして打ち込んで、互いに添削し合うんです。互恵関係で成り立つ勉強ですが」

「いかにも君らしいな。君が部隊を去った時、正直、落ち込んだよ。君こそは私の跡を継いでくれる指揮官になると思っていたから」

「提督、今だから言えることですが、当時は、あの頃抱いていた漠然とした不安を、うまく表現できませんでした。特殊部隊は潰しが利きません。世界中の特殊部隊がそうですが、一度この世界に身を投じたら、死ぬまでそこで暮らすしかない。けれどポストは有限で、それは出世すればするほど少なくなる。昨日まで厳しい訓練をこなしていた仲間と出世を巡って争うのは、良い気分はしない。あの時の自分は、そんな世界で生きることに疑問を感じていました。だから、仕事上研究をしていた日本にのめり込んで、今も勉強を続けています」

「それはわれわれが背負う〝業〟だな。いかんともしがたい。しかし、日本のどこがそんなに面白い？　ひたすら衰退するだけの、時間も止まった国だぞ。なのに現実に背を向けて、政治家が『世界に輝くニッポン！』などと雄叫びを上げ、一部の国民が熱狂し支持する国だ」

「そこがいいんですよ。日本は確かに、三〇年も長い不況に陥って脱出口も見えません。こんなに長い期間不況に喘いでいる先進国は、大戦後日本以外に存在したこともありません。武士道には『葉隠』というのがあります。これは、滅び行く者の美学です。日本人は、民族一丸となってその美学を演じているのです」

「みんなで行列を作り、崖から飛び込みでもするのか」

「はい、まさにそうです。このままでは国が滅びることはわかり切っているのに、ただ漫然と毎日を過ごし過去の栄光を懐かしみながら、崖から落ちていく。その順番が回ってくるのを、皆、ただ黙って待っているのです。自分は、そういう美学にひかれます」

「よくわからない話だ……。それで、君を呼び出した理由なのだが、部隊を率いてほしい」

「ご冗談を！　私がいた頃から、装備も戦術も大きく変化したことでしょう。今、どんな兵士が一線にいるのかもわからない。それは、無謀というものです。だいたい徐孫童(シュイスントン)中佐はどうしたのですか。提督が最後に立ち上げた、より高度なスキルをもった、例の部隊もいるのでしょう」

「あれは全滅したよ。陶剛強(タオカンチィアン)中佐も戦死した。もし君が部隊に残っていたら、昨夜死んだのは彼ではなく、君だっただろう」

「……なんてことだ。例の豪華客船ですか」

「そうだ。襲撃に失敗した。〝蛟竜突撃隊〟も待機していたのだが、結局出撃せずに終わった。部隊は客船への同行を日本政府に許されたただ一隻の巡視船に乗って、今は太平洋上だ。呼び戻すこともできなくはないが、日本側の注意を引くことになる。それは避けたい」

「なるほど。そこから先の話を聞くには、自分の同意が必要になるわけですね」

「そうだな。そういうことになる」

「提督がどうしてもと仰るなら、拒否する理由はありません。自分は軍に育ててもらいましたし、奨学金ももらっています。国家から協力を求められれば、喜んで身を捧げますよ」

「ありがとう。体力については、大丈夫かね」

「はい。今でも毎日研究センターまでの一〇キロをランニングしながら往復しています。体型、体力はほとんど変わっていないと思います。多少、部分的な筋力が落ちた程度でしょう」

「それはよかった。……実は、釣魚台だ。日本が兵を上陸させたらしい」

「見間違いではなく？」

「見つけた連中は、そう言っている。上陸の意図などはわからない。それで最終的には、われわれは釣魚台を手に入れるわけなのだが、今は大々的な攻勢を仕掛ける状況にはなく、かといって無視もできない。そのためこちらも兵を密かに上陸させ、敵情を視察したいということだ。できれば捕虜を取り、目的を聞き出す程度のことはせよ、と。ただし、戦闘は避けろというのが命令だ。たとえ勝てるとしてもな」

「了解しました。出撃はいつですか？」

「今、留守部隊に小隊を編制させている。君はまず海南島基地へと飛び、部隊と合流して洋上で潜水艦に乗り換えてもらう。潜水艦へは空挺降下になるか飛行艇になるかは、これから詰める。あるいはヘリか……」

「飛行艇かヘリがいいでしょうね。夜間に海面への空挺降下は危険です」

「わかった、その方向で調整する。すぐ飛行機を用意させるよ。ところで、日本の女子大生とのチャットはどうするんだ？」

「後でメールしときます。出張して、ロックダウンで北京に戻れなくなったとでも言いますよ」

「羨ましい。退役した後の自分の人生を考えると虚しくなる」

宋勤が黄桐大佐と連れだって出ていくと、提督は海南島基地に電話して、「あの宋勤が帰ってくる。彼のサイズの戦闘服や装備を用意しておけ」と命じた。

海上自衛隊・鹿屋基地は、豪華客船の監視任務から解放されて尖閣諸島周辺、東シナ海の監視へと戻っていた。

二日前、中国海軍艦艇が発射したミサイルにより、鹿屋基地所属のP－1哨戒機が尖閣沖で撃墜された。残念ながら生存者はいなかった。

基地はまだその衝撃と悲しみの中にあったが、最前線基地であることに変わりはない。この事件が発生した夜から、パトロール飛行は再開されていた。

すでに暗くなった基地で、第一航空群司令の河畑由孝海将補は、首席幕僚の下園茂喜一佐と、第一航空隊司令の伊勢崎将一佐を自室に呼ぶと「しばらく邪魔をするな」と部下に命じてドアを閉めさせた。

「東海艦隊がまた行動を再開した。尖閣を目指して、じりじりと接近している。それで、厚木が内々にやばい話をしてきた。南シナ海の東沙島付近で、中国のフリゲイトが一隻撃沈されたらしい。潜水艦が発射した魚雷攻撃によってだ」

「ほう、台湾海軍ですか。やりますね」

下園が軽く応じた。すると河畑は眉をひそめて「違う」と首を振った。

「うちのらしい」

「はあ？　なんでうちの潜水艦がそんなところにいたんですか」

「ほら、オージーとの共同訓練を終えて帰還途上の潜水艦がいたよね」

「ですが……それが、なんで魚雷なんかぶっ放すんです？」

「どうやら、日台米による極秘作戦が進行していたようだ。〝キスカ〟だ」

「なんですか、それ」と下園が絶句した。

「ということは、東沙島の兵士を潜水艦で脱出させたということですか？　それは成功したんでしょうか。それとも、逆襲を受けたとか」

「それ以上のことは教えてくれんのだ。作戦がまだ進行中なのか、往路のことなのか復路のことなのかも含めて。米軍情報では、フリゲイトの乗組員はほとんど助からなかったそうだ。二〇〇名近くが戦死したらしい。中国側は、その魚雷を撃ったのが日本の潜水艦だということに早々と気づくだろう。いや、もう気づいているかもしれん。だからこれからは、いわゆる当たりが強くなるだろうと警告された」

「それは、うちの搭乗員の犠牲に見合うんですかね……」

伊勢崎がぼんやりとした顔で言った。

「こういう状況だ。南シナ海の仇を東シナ海で討とうと躍起になり、かかってくるおそれがある。それと昨夜、東シナ海海上で得られたESMの奇妙なデータだが、これも厚木から返事が届いた。ものはデュアル・バンド・レーダーで、それは水上艦ではなく空警機のものである。移動速度からして、双発ペラの空警－600であろうと」

「デュアル・バンド・レーダーは、確か空母ジェラルド・R・フォードとズムウォルト級駆逐艦だけに載っているやつですよね。こちら側でも、最新式のものだ。そんなのを双発機で実現したんですか？」

「そういうことらしい。ただ、性能はわからんよ。ああいうのは、それを構成するソリッドステートの性能が物をいう。アメリカでも、メーカーさんが早期警戒機用として研究して軍に売り込んでいるらしいが。こちらのステルス戦闘機も、見える可能性が高いと言ってきた。いずれにしても、この機体のレーダーの解像度や探知距離はかなり大きいと考えるしかない。これからは、やり辛くなるだろう」

「中国と事を構えるということですね。早くそうなればいいんです。持てるだけのミサイルを、敵艦にぶち込んでやりますよ」

伊勢崎がまた死んだような眼で言った。

「滅多なことを言うなよ。フリゲイトに乗っていたのは、全員一人っ子の兵士だぞ。そんな殺戮に手を染めて、喜べるものか……」

「その覚悟がないなら、この部屋の主になるべきじゃありませんよ！」

一転、語気強く伊勢崎が言ってのけた。

「おいおい、われわれは殺戮者じゃない。抑止が本分だ。冷静になれ、伊勢崎君。とにかく隊員には詳しい状況は伏せて、中国軍の攻勢が強くなることだけを警告してくれ。もし空でドンパチがはじまったら、構わず脱出しろ。一目散に逃げ帰れ！　いいな」

伊勢崎は無言のまま頷いた。

しかし、承服しかねると顔に書いてあった。


国内安全保衛局の蘇躍（スウユエ）警視と上海支局の秦卓凡（チィンチウオファン）警部が立て籠もったセーフハウスは、上海市郊外の上海大学キャンパスの東の雑居ビルにあった。

106号省道を挟み、地図では空白になっている軍事空港がある。上海大場空軍基地だ。

もとは旧日本軍が設営した飛行場だが、戦闘機があるわけではない。普段は、メーカーの軍用輸送機の整備場として使われていた。

今は戦時なので、昼間は次々と輸送機が離着陸を繰り返している。静まり返った上海の街で、この辺りだけは煩かったが、軍も上海を物流拠点にするのはまずいと判断したのだろう。暗くなってからは基地も閉鎖され、静かな夜が戻っていた。

　だが、このセーフハウスだけは違った。次から次へと不満分子が運び込まれてくる。彼らを地階にある取調室と、急遽屋上にテントを張って作った取調室で締め上げていたのだ。

　地階も屋上も、外階段で屋内の部屋に入らずに出入りできる。仮に容疑者が感染していたとしても、捜査官への感染は避けられるという判断だ。

　取調を待つ容疑者は一人一人パトカーに乗せられる。そのパトカーが、大学のキャンパスを取り囲むようにして距離を取って止まっていた。

　取調は一〇分で済む者もいれば、一時間かかる者もいる。

　地階取調室を仕切るのは、布立群（ブリーチュン）元刑事だった。公安ではなく刑事畑の人間で、現役時代は殺人や詐欺（さぎ）事件を扱っていた。人間の嘘を暴くベテランだ。

　嘘をついている人間は五分話せばわかるというのが持論の、昔気質の刑事である。すでに七〇歳だったが、今でもたまに古巣から呼び出されることがあるらしい。

　彼はお喋りが好きだった。自分のことを語り、相手の心を開かせる。威圧ではなく、寛容と友情で喋らせる技術の持ち主だった。

　蘇警視はこの場で、手っ取り早くポリグラフを使うことを提案したが、そんなものより俺の勘の方が感度がいいと一蹴（いっしゅう）された。

　事実、運び込まれた不満分子は、まるで教会の告解室にいるかのようにべらべらと身の上話をはじめる。どれもこれもたわいない話ではあったが、その技術には敬服するしかなかった。

　蘇警視と秦警部は、二階の事務所の監視カメラ映像で屋上と地下の取調の様子を見守っていた。

屋上ではフリージャーナリストを公安のベテランが調べている。

　こちらは形式的なものだ。こういう連中は、実際に手は下さない。それがわかっているから、こちらは脅すだけだ。今後も取材活動を続けたければ、情報をつかんでこいと脅すのが目的だった。

　地階の方は、布刑事がマスクもせずに、時々お茶を飲むふりをしながら若者と向き合っていた。

　コンクリートがむき出しの部屋は二人だけ。監視の制服警官の姿は無い。信頼関係だけが取調の要だ。

　慎昭林(シェンジャオリン)は、まだ高校生といっても通りそうな華奢(きゃしゃ)な青年だった。犯罪歴もない。今回引っ張られたのは、親元の近所で起こった立ち退きを巡る事件で、地元警察のブラックリストに名前が載ったからだ。

　それは、再開発に絡むよくあるものだったが、住民有志一同が立ち退きを拒否し、慎青年も度々そのデモと座り込みに参加していた。

　政治的な発言も一切無い。SNSの書き込みを検証しても、政府や党批判はあったものの、今時の若者と比べて別段過激というわけでもなかった。一線を越えることへの危険性はわかっているようだ。

　行動にも、さして不審な点もない。ただ一点だけ、彼の経歴に、気になるものがあった。

「この手の大がかりなテロに加わるには、若すぎますよね。確かに友人からワゴンは借りているようだし、カメラにも映っていますが、あの辺りには撮影で使う倉庫が何軒も建っているし……。倉庫街を聞き込みしますか？　明日以降になりますが」

「それは、明日の朝までに結論を出せばいいだろうね」

上下のモニター映像と音声を聞きながら、秦警部がそう言った。声音から、眠気と戦っているようだ。

蘇警視はソファに座り、今夜中に取調べなければならない二〇名の名前をインターネットで検索していた。彼ら彼女らの行動履歴を虱潰しに探る。

信じられなかった。現代人は、ありとあらゆるところに自分の痕跡を残していた。ネットで足跡を辿るだけでも、立派な個人のライフログを作れそうだ。おそろしい時代になったものだ。

勿論国家は、ネットより数段詳しい、本人ですら気づかないようなライフログを握っているのだ。

コンビニで電子決済した品物から、本人が読んだ記憶もないセールス・メールまで記録している。

慎青年の取調は、ほんの二〇分で終わりそうな雰囲気だった。秦警部は、ウォーキートーキーで、通りに立つ制服警官に容疑者が乗る次のパトカーを呼ぶよう命じた。

「上海市は封鎖されて、民警はその対応で大わらわなのに、よくこんな数のパトカーを確保できたよね」

「コロナ禍の封鎖で、当局は警察や消防の人員不足を認識して、それなりの増員を行ったようですよ。車両については、誰かが呼びかければ、後ろ暗いところがあるカネ余りな民間企業がこぞって寄付してくれますから」

「ウルムチじゃ、パトカー一台では裏通りにも入れない。子供が石を投げてくるし、最悪、自爆攻撃される。全く別の世界だよ」

ここで突然、秦警部が「え？」と声を上げて仰け反った。蘇も顔を上げてモニターを見ると、布刑事が左手を机に乗せ、こつこつと人差し指で机の端を叩いている。合図だった。

「ボリュームを上げて！　家宅捜索班は待機して

いるか」

「はい！　ただちに先行させます」

「防疫部隊も同行させろ。彼と接触した警官は隔離だ！」

秦警部はモニターのボリュームを上げてから、市内に待機している家宅捜索班に携帯で命令を出した。

「……それであなたは今、どんなのを撮っているの？」

「ホラーです。ありがちですが、パンデミックが起こってその一部のウイルスが変異し、ゾンビになるんです。それでショッピングモールに立て籠もった住民たちが、絆を深めながら戦い、生き残る。パニック映画でもありますが」

「そういう筋書きの映画って、いっぱいあるよね。受けるのかな？」

「ええ。これは国内市場向けじゃなくて、世界市場向けなんです。中国で、海外向けのゾンビ映画って、まだあまり創られていないので。ヒットは狙っていないですけどね。役者も新人を使うから、制作費を抑えられています。制作費分は回収できる予定で撮ってるんです。映画業界は、そうやって人と金を回しながら、数年ごとに自分たちが本当に創りたい作品を撮るんですよ」

「夢は大きいが、大変な仕事だね。一〇年後、君がハリウッドの赤絨毯（あかじゅうたん）に立っていたら、孫に自慢するよ。お爺ちゃんはこの人と昔、話したことがあるって」

「実現してみせますね」

秦警部は、わけがわからないという顔で蘇の方を見た。

「これで終わり、ということですか？　事件のやりとりは一つもしてないけど……」

「彼は映像作家で、おもにクリーチャー制作を手がけている。これはメイク・アップ・アーティストの通称ノー・フェイス・マンこと、ハミール・エジルと通じるな。会ったことはないだろうが、存在は知っていただろう。どこかで接点があるはずだ」

　モニターの中で刑事が感謝を述べて「もう帰ってもいいよ。家まで送らせる」と告げていた。

「彼は逮捕しないんですか？」

「ここは恐怖と畏怖(いふ)、ダンスとハンマーだ。帰宅時に逮捕してショックを与えるんだよ。人手が匆体無いから、彼を連れてきたパトカーに乗せて返してくれ。われわれはその後を追おう」

　慎昭林が友人三人とシェアして暮らしているというアパートは、ここから東へほんの数キロにあった。上海の学生街ともいえる、黄河沿いの五角場(ウージャオチャン)の一角だ。家宅捜索班のパトカーが駆けつけ防疫班と行動を起こすまで、しばらく地階で容疑者を待たせた。

　布立群元刑事が地階から出てくると、蘇らは外で出迎えた。

「ご苦労でした、布刑事！」

「近づかん方がいい。私の身体は、ウイルスを浴びている」

「ただちに除染部隊を呼びます。しばらくここで待機願います。それで、どこで気づいたんですか？」

「撮影の話になると、彼は私がどこでハミール・エジルの名前を出すかと、おどおどしていた。彼は、将来がある良い青年です。こんなことになるとは、おそらく知らなかったんでしょう」

四〇台を超える警察車両が五角場の辺り一帯を封鎖し、続いて防疫部隊が出動し、各建物も封鎖しはじめた。

　感染症が発生したため外出を禁止すると、拡声器を片手にまわりはじめる。

すぐに慎昭林のアパートに踏み込むと、同居人全員を隔離した。

すでに発熱した若者が一人いた。アイソレーターに収容し、救急車が到着するのを待った。

そこに慎一人を乗せたパトカーが到着し、友人が収容されたアイソレーターのストレッチャーの隣で止まる。気密服に身を固めた兵士がゆっくりとドアを開け、まず額にセンサーを当てて体温を測り、空のアイソレーターを示し、中に入るよう命じた。

慎は「いや、僕は」と抗ったが、軍用の銃口を向けられると、仕方無くアイソレーターに横になった。透明カプセルのカバーが閉まる。空気が循環していることが確認されると、兵士が親指を立ててOKサインを作った。

ここで蘇警視と秦警部が到着し、防護服にマスク、帽子、ゴーグル姿で向かう。

蘇警視は、パトカーの回転灯が怪しく反射するアイソレーターのカバーを、コンコンと外から叩いて呼びかけた。

慎青年は眩しそうにした。何しろ一〇台を超えるパトカーのヘッドライトや回転灯に晒されているのだ。

「慎君、私の声が聞こえていたら、一回だけ頷いてくれ」

恐怖に引き攣った表情の青年が頷いた。

「君の友人が発熱していたことは、知っていたかね」

「いえ、今朝から会っていなかったので……」

「君は、テロ容疑で逮捕された。第一級のテロ容疑だ。刑罰は、死刑か無期刑しかない。しかし、それは小さな問題だ。君のせいで、これから多くの人民が死ぬことになる。この上海市内だけでも、数百万人が感染症にかかり死ぬだろう。二週間後には、この五角場に生きている人間はいないかもしれない。われわれは、その犠牲を少しでも減らしたいと思っている。協力してくれるかね」

慎青年は大きく頷いた。

「ハミール・エジルを知っているね? 昨日、会ったよな」

また彼は頷く。

「行き先を知っているかね? 今、どこに潜んでいるかなども知りたいんだ」

「……たぶん、南京路裏の弄堂(ロンタン)の辺りだと思う。簡易宿泊所が何軒かあって、その近くで車から降りた」

「わかった。後で詳しくまた話を聞きたい」

ここでアイソレーターが救急車に乗せられる。

「弄堂って、あの上海特有の、昔ながらの細い路地を挟み二階建ての住居が犇(ひし)めく居住様式のことを言うんだよね」

「はい。怪しげな簡易宿泊所になっている家もあります。時々、手入れはしているのですが、商業地の近くで、内陸の農村部から出稼ぎにきている不法労働者のねぐらになっているのです。表向き、居民身分証の控えをとることになっていますが、近所には偽造屋もある。ネットワーク化すれば、偽造身分証は一発で弾けますが、店側は金が無いからと言って、ネットワーク化を拒否している。一方で、上海市当局としても、不法労働者の低賃金労働に依存しているという弱みがあるため、強くは出られないんです」

「でも、監視カメラはあるんだよね」

「しょっちゅう壊されますよ」

「街を封鎖して、人海戦術でカメラのデータを洗うしかないな。奴がまだ市内にいるなら、意外と早く辿り着けるかもしれない。余力があったら、市内にあるその手の簡易宿泊所付近のデータを全部洗おう！」

スタートは遅れたが、われわれは急速に追い上げているという自信があった。

これが全て、あのいけ好かない男の手柄になると思うと腹が立つが、それで人民の命を救えるなら全力を尽くす価値はあると蘇は思った。

フィッシュこと水野智雄一曹らが乗っ取った偽装漁船は、元は江蘇省の組合所属だったため、東沙島からはやや北東に針路をとり母港を目指した。ただし、台湾に近づくわけにはいかないため、大陸棚端より大陸寄りを航海する必要はある。

米海軍はランデブー・ポイントを指定してきたが、そこは深度二〇〇メートルも無い。

コートニー曹長が、魚群探知機を時々使用するが、これは潜水艦を探すためではなく、潜水艦にこちらの精確な位置を報せるためだ。

この魚群探知機のモニター画面を埋め尽くすような大きな影が映った時、水野はぞっとした。

最近の魚群探知機は、やたらと性能が良くなった。国内でもたまに聞くのだが、魚群探知機が、潜水艦の巨体を偶然捕らえることは珍しくない。

漁船の速度を落とし、無線でやりとりし、近くに解放軍の哨戒機がいないことを確認してから、ロス級原潜が闇夜に浮上してきた。すぐにボートが出され、まず台湾軍海兵隊員を回収していった。

水野はブリッジに船長一人を上げて、米海軍から預かった札束を船長に渡した。

「ここに、使い古した札で、二万ドルあります。USドルです。アメリカ側は迷惑料として、あなたが望めば、ほとぼりが冷めた頃にまた一〇万ドルを追加で提供すると言っています。この船の無線機は、沈没時の緊急無線機まで含めて全て破壊しました。しかし、一台だけは修理可能な程度で、一中の配線を切ってある。手慣れた者がやれば、一時間で修理できるでしょう。われわれの希望としては、夜明けまでその修理が長引くことを望みます。それであなたは、一〇万ドルを手に入れられるのです」

「さっさと降りてくれ！」

船長はそう言うと、すぐに二万ドルを懐に入れた。

水野はコートニー曹長らとボートに乗り移り原潜へと向かった。

「ここって、深度二〇〇メートルも無いですよね。原潜でこんな海域まで入ってくるなんて無茶ですよ」

「うちの海軍ではさ、大陸棚での行動に原潜は不向きだから、日本からリチウムイオン推進のディーゼル潜でも買おうかという話が時々持ち上がるんだ」

「それは無理でしょうね。日本も造船不況が長引き、潜水艦ドックも減った。国は国産潜水艦の輸出だと張り切っていますが、肝心のドックや造船技術者に空きがあるとは思えません。でも、国民は喜びます。アメリカ海軍に潜水艦を売れるとなったらね」

全員を収容した潜水艦はただちに潜航し、一時間後には大陸棚を脱出して、中国海軍が全く手が出せない深さまで潜った。

陸上自衛隊水陸機動団格闘技教官兼北京語講師の司馬光(しばひかる)一佐は、実家の中華料理屋の支店を台北(タイペイ)に出すことになり、その新装開店の準備で現地を訪れていた。そして開店日翌日にこの災難に巻き込まれたのだ。

その後、体の良い人質兼自衛隊の連絡将校として台北に留まり続けることになった。

司馬は今、〝キスカ〟作戦を主導した米側軍事顧問団代表らと一緒に、高雄北にある左営海軍基地の飛行場にヘリで降り立った。司馬がここに同行したのは、表向きは通訳としてだ。

車に乗っている時に、水野たちがロス級原潜に乗り移ったという報せが入った。これでほっと一息つくことができる。だが、万々歳だという気持ちには、まだなれない。

左営軍港には、海兵隊司令官や国防大臣もやってくるという話だ。テレビ局の取材クルーも、目的も報されずに集められていた。

まずは潜水艦〝海龍〟が桟橋に接舷した。その外側に潜水艦〝おうりゅう〟が、いわゆるメザシ係留で横並びで停泊する。準備が整うまでは、誰も降りてこなかった。

その後、スポットライトが〝海龍〟の司令塔に照射されると、国防大臣と海軍司令官が、タラップの下に一列に並んだ。

その間に、海兵隊の戦闘服が艦内に持ち込まれ、兵士たちはそれに着替えているようだ。

まず、黄俊男（ホァンジュンナン）中佐が降りてくると、タラップ下のお偉いさんたちに向かい敬礼した。続いて〝海龍〟に乗り込んでいた兵士らも一列になって降りてくる。一人一人が、国防大臣たちと握手を交わす。その場面を、カメラが撮影した。

〝おうりゅう〟に収容された兵士らはその後だ。〝おうりゅう〟の士官公室では、司令の永守智之一佐らが、陳智偉（チェンヂーウェイ）大佐から別れの挨拶を受けていた。

「お世話になりました、大佐殿！　尖閣沖で発生したことは、あなた方にとっては不本意で、望まぬ事態であっただろうとお察しします。ですが、そのお陰で若者たちが家族の元に帰れた。戦争は所詮、二者択一です。殺すか殺されるかだ」

「できれば避けたかった事態ですが、作戦は成功しました」

　永守は無表情でそう言った。作戦を成功させた喜びは無かった。

「戦争が終わったら、改めてお礼に伺います。皆さんが無事に帰国できるよう、航海の無事を祈っております！」

　格式張った敬礼と、固い握手で別れたのだ。

　この時司馬一佐も〝おうりゅう〟に乗り込んでいた。海兵隊員の戦闘服を運び込む一団に紛れ込み、潜水艦に乗り込んだのだ。

　まずは乗り込んでいたかつての部下の労をねぎらい、フィッシュらが無事に米艦に収容されたことを告げた。

　それから陳大佐が潜水艦を離れると、士官公室で永守一佐、生方二佐と向かい合った。生方とは初対面だったが、永守の方は昔、コマンドとして乗り込んだ潜水艦で会ったことがある。司馬は率直に二人に尋ねた。

「出航にはどのくらいの時間がかかりますか」

「補給の必要は無いので、すぐにでも出航できますよ。正直、高雄が安全だとも思えないので、何時間もここにいたくはないですね。最悪、空爆の餌食（えじき）になる」

　生方艦長が正直に言った。

「理由は何でもいいです。すぐにでも出航してください。悪い予感がします！」

「悪い、予感？」

「ええ。あなた方は、活躍しすぎたんです」

「ああ、なるほどね……」

　司馬が言わんとしていることに気づいた永守が、

ため息を漏らした。

「しかし、国防大臣たちが表敬訪問すると言っています。米側の軍事顧問団代表を連れてね。それは無視はできないでしょう」

「そんな奴らなんて、無視してください。本国から速やかに出航しろという命令を受けたとか、適当な理由をつけて——」

「わかりました。では、上陸しての挨拶も、あなたから断ってくださいね」

ブリッジから、艀が二隻接近していると報告してきた。永守は「艀くらいなら押し出せる」と頷く。

司馬もすぐに降りて台湾側に出航を伝えようとしたが、〝海龍〟との間に渡されたタラップの上で、運悪く軍のお偉方と鉢合わせしてしまった。先頭はすでに〝海龍〟のデッキ上にいた。

陸上で国防大臣と海軍司令官が礼を述べるという話だったが、どうやら変更したようだ。

司馬とは古い付き合いで、台北でも一緒に協議を続けていた王志豪退役海軍中将も、珍しく軍服姿でそこにいた。列の先頭にいたのは、〝海龍〟の艦長と副長らしい。

司馬は、最後尾にいた王志豪に「どういうことですか」と問うた。

「勘の良いお前さんのことだ。もうわかっているんだろう。これが、ここで戦争を止める最良の手段だ」

「〝キスカ作戦〟以上に無謀なことです!」

「われわれはそうは思わん」

仕方なく永守一佐らがいる発令所に降りると、まず〝海龍〟艦長らと握手を交わした。それから、国防大臣の演説があった。

司馬はそれを硬い表情で通訳した。条件反射として訳していたが、正直この政治家が何を喋っているのか、さっぱり頭に入ってこない。

　それが終わると、王提督が珍しく日本語で口を開いた。

「しばらく、ゆっくりしていってほしい。晩飯には遅いが、食事の差し入れもしたい。ほんの心づくしだ。諸君らはおそらく、この左営軍港は危険だと判断しているだろうが、ここは戦闘機だけでなく、対空ミサイルでも十重二十重（とえはたえ）に守られている。心配はいりません。どうか寛いでほしい。とにかく、一時間演説してもわれわれの感謝の気持ちを伝えきれないほどだ。本当に、兵士の生還を待っていた」

「では立ち話も何ですから、士官公室でコーヒーでもお出ししましょう。出航まで、あまり時間はありませんが……」

　永守は、ここでにらみ合いを続けるわけにもいくまいと判断してそう言った。

「ぜひ、お願いしたいね！」

　士官公室に入り、国防大臣を上座に海軍司令官、王志豪、そして〝海龍〟の艦長、副長と座った。

　そしてハッチが閉められた次の瞬間、国防大臣は英語で言い放った。

「――誠に申し訳ないが、この潜水艦は台湾海軍によって徴用（コマンディア）させてもらう！」

　確かに「徴用」と言った。

　命を懸けて任務を果たし、大量殺戮までやってのけた褒美がこれなのかと、永守は胸の内で吐き捨てた。

第六章　強奪

台湾国防大臣の谷進強（クージンチアン）が「徴用する」と発言した瞬間、〝おうりゅう〟の生方艦長が立ち上がり、素早くインターカムをつかんだ。

「航海長！　ただちに出航、出航せよ！　タラップを蹴落とし、艀は押し出せ！」

「申し訳ありませんが、皆さんには沖合で下船していただくことになりそうですね」

　永守智之一佐は、英語でこう告げる。

「これはいったいどういうことですか！」と、〝海龍〟の顔昇豪（イェンシェンハオ）艦長が立ち上がって叫んだ。

「座れ、艦長」と国防大臣が言う。

「馬鹿な政治家どもが思いつきそうなことね」

　一連のやりとりを見守っていた副長の朱蕙（チュフィ）中佐が、そう口を開いた。

「言葉を慎まんか」と大臣が言う。

「だから言ったじゃないですか！　解放軍はこの一〇年、見栄えのいい水上艦ばかりを建造していて、潜水艦は置き去りで対潜能力も未熟極まりない。われわれが強化すべきは、潜水艦戦力であると！　毎年のように意見書を出していたのに、無視して、こんなザマに！　新型潜水艦が二隻いれば、こんなことにはならなかったんです！」

　朱蕙中佐は、絶叫するかのようにまくし立てた。

「中佐……その話は、後でゆっくり聞いてやるから」

　エンジン音が急に高まり、艦が一瞬震えた。そして、艦はすぐに動き出した。

「すまないが、こちらも策を講じさせてもらった」

　王提督が告げると、しばらくして発令所からのインターカムが鳴った。

「海面に重機関銃と思しき銃撃が二箇所から。直撃はありません！　曳光弾による警告が二回。すぐ沖にコルベットが現れて進行方向を塞いでいます。どうしますか？」

「潜航はできないか」

「深さがわかりません！」

「艦長、潜航して脱出するのは無理だよ。湾内は、そこまで深くはない」

　王提督が畳みかけてきた。

「この艦を傷つけたくはないだろう。いったん、接岸しないか？」

「航海長、機関停止。そのまま待機せよ！」

　生方艦長は、ひとまず座った。

「皆さんは、恩を仇で返そうというのですか？　これでは強奪ではないか！」

　顔昇豪艦長は、まだ立ったまま抗議を続けた。

「だから、座れと言っている！　まずはわれわれの話を聞くのだ」

　海軍司令官の李志強（リーヂーチャン）大将が窘めた。

「話はシンプルだ」と、国防大臣が英語で続ける。

「もちろん、迷いがなかったと言えば嘘になる。これは明らかに信義に反する行為であるし、アメリカも同意しないだろう。だが、事は国家の生存にかかわっている。君たちの働きは称賛に値する。日本の潜水艦や魚雷の性能、乗組員の練度は、われわれが二〇年経っても追いつくことはできないだろう。まさにゲーム・チェンジャーだ！　素晴らしい戦果もあげた。われわれは、東沙島を失ったわけだが、この潜水艦が一隻あれば、南海艦隊を無力化できる。駆逐艦をほんの二、三隻沈め――特に揚陸艦が問題だが――これを二隻も沈めれば、解放軍はもうわれわれに手出しはできない。彼らがこの後に準備しているだろう全ての軍事作戦に、終止符を打つことができる。つまり、日本が守らねばならない尖閣諸島への手出しも封じることができるのだ！　これはつまり、戦争による人的犠牲を阻止できるということだ。台湾人にしても、大陸の兵士にしても……。軍艦を何隻か沈めることで、われわれは北京の野望を完膚なきまでに打ち砕ける！　東沙島奪還は、まあその後の話だ。――それで、潜水艦隊に検討させたところ、この潜水艦の乗組員が二〇人残ってくれれば、あとはわれわれの潜水艦乗りで動かせるということだった。もちろん本来なら日本政府と堂々と交渉し、軍事同盟を結ぶべき話ではあるが、われわれも日本政府の立場は理解している。完全に理解しているつもりだ。この艦は、台湾によって強奪、もしくは接収されたことにすればいい。君たちは抵抗虚しくわれわれに脅されて、艦の指揮権を明け渡したことにすればいいのだ」

永守はしばらく沈黙した後、「答えは、もちろんノーです」と穏やかに言った。

「われわれは、このまま日本に帰ります。全員でね」

「……後の話は、王提督に任せる。顔艦長、少し外で話そう」

艀が接近し、徐々に艦を押し返しているのがわかった。艦は再び〝海龍〟の隣に並び、タラップが架けられた。

司馬は、一行を追いかけてラダーを昇る。国防大臣がタラップの手前で司馬を待っていた。

「司馬大佐、私の父も政治家だった。あなたのお父上には、世話になったと聞いている。台湾はあなたにとっては第二の祖国。これが、あなたが望んだ事態ではないことはわかっている。だが、われわれも切羽詰まっているのだ。更なる協力を要請したい」

「お断りします。私は、骨の髄まで日本人です」

司馬はきっぱり言った。国防大臣は、軽く頷くだけで、〝海龍〟へと渡っていった。

一方、顔艦長は海軍司令官の袖を引っ張って立ち止まらせた。

「司令官、魚雷は回収していただけましたか？」

「回収した。それを使わずとも、予備はある。ただちに搭載する。燃料補給もな。君たちの実力が証明されたことを誇りに思う。だが、いくら解放軍が対潜能力をもたないといっても、残念だが日本の潜水艦ほどの戦闘能力はもたないだろう。君が望むなら〝おうりゅう〟艦長に任命してもいいぞ」

「ご冗談を！　われわれにも海軍軍人としての誇りがあります。これはいったいどういう算段なのですか。アメリカを口説けば、日本政府が応じるという話なのでしょうか」

「もちろんそういう努力もするが、先のことはわからんよ。とにかく、あの潜水艦はここで確保しておきたい。このままいけば尖閣を失うことに、日本が気づくことを望む」

「中国が目をつけたら、ここ左営を空爆してきますよ。空母攻撃用の弾道弾まで駆り出すかもしれない」

「それも懸念材料だから、早めに隠したいというのが本音だ。半日も係留しておけないだろうな」

司馬は士官公室に戻ると「しばらく、王提督と二人だけで話しをさせてください」と永守に頼んだ。

「もちろん。しかし、あまり時間は無いと思ってほしい。この潜水艦が台湾軍のものになったと気づかれたら、中国は全力をあげて攻撃してくる。てっとり早く空母攻撃用の弾道弾を撃ち込んでくるかもしれない」

永守と生方が出ていくと、司馬は王志豪の向かいに着席した。

「……これも〝赤本〟の一つなのですか」

「いや。さすがにこんなものは載っていないな。そもそもあの頃は、中共が事を起こせば、われわれは否応なくともに戦うつもりだった。日本人は、たかが無人島のために自衛隊が戦うことを認めるのか？　戦争で歩兵が血を流すことを」

「あたしはその価値など無いと思ってますけど、自衛隊なんて、日本国民にとって別にご近所さんじゃありませんからね。どこかの知らない、自衛隊しか働き口が無かった不運な連中が死のうが、国民は無関心でしょう。身内で惚け老人のシモの世話をするのは嫌でも、他人なら任せられる。それと同じ理屈です。赤の他人の死なら抵抗は無い。自衛隊は、国民にとってそういう存在なんです。その仕事に感謝はしても、自分の子どもを入れたくなんてない」

「軍隊なんて、どこでもそうだろう。昨夜から、日台議連を動かしてる。ここで中国艦隊を派手に打ち負かせば、尖閣で事を構えずに済む。これは、合理的な選択だとね」

「あんな連中に影響力があるとでも？」

「防衛政務官は日台議連の中核メンバーだし、潜水艦一隻で戦争が終われば安いものじゃないか。君らは尖閣を巡って死闘を繰り広げる羽目になっても、そう言えるかね？　那覇の航空自衛隊なんて、ほんの二日でミサイルを撃ち尽くすぞ。はなから戦闘機の数では、解放軍に負けているんだ。アメリカも本格参戦はしないとなったら、君たちの尖閣防衛戦は悲惨なものになる。勝ち目は無い。陸兵だけならともかく、貴重な戦闘機を大量に失うことになる。そして失った結果、尖閣も守れない。戦力を再建する時間も資金もないままに、北京は次は与那国をよこせ、沖縄を渡せと言ってくることだろう。君たちは何も得ることなく、北京に白旗を掲げる羽目になる。そんな未来を、今この一隻が活躍することで阻止できる。全てを失ってから、あの時われわれの言うことを聞いておくんだったと後悔しても遅いぞ。君らは、腹を括って血を流せば、尖閣は守り抜けると錯覚している。だがそれは無理だ。――確かにわれわれのやり方は乱暴だったかもしれないが、これは兵法の基本だ。今叩けるものは今のうちに叩き潰すべき。国境からより遠い場所でな。潜水艦はそのための戦力だろう」

「あたしはコマンドを連れてすぐ帰国します」

「駄目だ。ロス級原潜に乗っているコマンドと合流したら、かつての部下たちは石垣まで運んでやる。だが君は、引き続き台北に留まれ。それが、コマンドを帰国させる条件だ」

「……随分と酷い仕打ちですわね」

「素人みたいなことを言うな。国家に友無し、国益あるのみだ」

「もう出ていってください。こんなの、うんざりだわ！　新幹線で勝手に台北に戻らせていただきますから」

司馬は、王志豪を艦から追い出し、オカに上がるのを見届けてから発令所に戻った。永守と士官公室に入る。

「ごめんなさいね。こんなことに巻き込んで」

「〝キスカ作戦〟は、あなたの発案ですか？」

「まさか！　あたしが聞かされた時には、もうアメリカまで話が通っていて、外堀は埋められた後だった。皆さんは、良くやってくれました。……現状では、どうにもならないわね。彼らは日台議連を動かしているんですって」

「さすがに、これは無理だ。本艦の性能なら、南海艦隊の駆逐艦を一隻残らず撃沈できるでしょう。中華イージス艦さえ排除すれば、あとは台湾空軍が飽和攻撃でフリゲイトを全滅させられる。早々に東沙島を奪還できるかもしれない。だが、少なくとも今はまだ他人の戦争だ。あれは巻き込まれて、やむなく引き金を引いたのだが……」

「とにかく、北京は早晩この動きを察知することでしょう。攻撃は、すぐにはじまります。航空攻撃なら、しばらくは空軍が支えるでしょうが」

「弾道弾はほんの五分で台湾海峡を越えてくる。そして、撃墜する術は無い。あれは動いている空母すら狙えます。一応、本国からの無線に聞き耳を立ててはいますが、ミサイル警報をもらってからすぐ潜航しても、間に合わない可能性がある。とにかく、真上から覗いて丸見えの状況がまずい。それだけでも何とかしてほしいです。〝海龍〟だって、このままではまずい。あちらの艦長も、一刻も早く補給を終えて出航したいはずですが」

「もう、どうすればいいのかさっぱりよ。頭が動かないわ……」

「自分は〝海龍〟へ行って、むこうの艦長を表敬訪問しようかと思っています。彼らにも発言権はないでしょうが、少なくとも現状の危険性は理解しているはずです。何か策を出すよう、お願いしてみます」

「そうしてください。あたしは原潜が入港したら、元部下たちの合流を見届けた後、台北へと戻ります。それと、通信文を作らせてください。状況を報せておきたいので。この辺りは、携帯の電波が落としてあるみたいで」

「了解しました。中国の盗聴を避けるため、圧縮通信で送らせます」

永守が出ていくと、司馬は頭を抱え込んだ。

ここで南海艦隊に犠牲を強いれば、中国は尖閣取りを諦めるだろうか？

ふとそんな思いに囚われはじめている自分に気づいて、司馬はほとほと嫌気が差した。

永守は、タラップを渡ると〝海龍〟に乗り込んだ。発令所では、乗組員の全員が姿勢を正し、敬礼で出迎えてくれた。

床にはまだ炭酸ガス吸着剤があちこち投げられたままだ。

士官公室に案内されると、艦長の顔昇豪大佐が、深々と頭を下げて詫びてきた。

「とんでもない暴挙を、心よりお詫びします」

「いえ、あなたの責任ではありません。それに、ここで悔やんでも仕方ないことです」

ここで副長の朱蕙中佐が、そんなことを今さら話し合っても仕方ないという態度で、話を変えた。

「私、ずっと気づきませんでした。〝おうりゅう〟が背後についていたなど」

「あの状況下では、全周警戒(バッフル・クリア)をする時間とバッテリーは勿体無い。ただひたすら進んだのは、正しい選択でした」

「あそこで、もしわれわれがバッフル・クリアしていたら、あなたの艦に気づいたと思いますか」

「それは無い。われわれは、皆さんが潜水艦の存在に気づき、それを解放軍の潜水艦だと誤認して攻撃されることを恐れていました。ですからバッフル・クリアされても気づかれないよう、注意を払っていた。それにしても、見事な繰艦でした。

何度か見失いましたよ。うちの哨戒機部隊相手に訓練したら、皆さんの圧勝でしょうね。ところで、この状況は危険だと思っていますが、いかがでしょうか」

「同感です。本艦は、夜明けまでに武器燃料の補給を終えて出航します。中国は、衛星などで見張っているはずです。台湾政府内には、当然同調者もいるでしょうから、われわれが日本の潜水艦を強奪したことにもいずれ気づく。弾道弾が飛んでくることは、疑いようもありません。ピンポイントで、われわれを狙ってきます。一刻も早く出航して、潜航すべきです」

「そうしたいのですが……。上を説得する術について は、何かありませんか」

「残念ながら。というのも、上の連中にしてみれば、この〝おうりゅう〟の協力が得られないのであれば、ここで沈んでも別に損失にはならないと。彼らにしてみれば、左営基地の湾内で沈むか、協力してともに戦うかの二者択一なのです」

「私にひとつ、提案があります――」

朱副長が、ここで身を乗り出してきた。

「現状での妥協案ということになりますが、海自側としては、なかなか飲めない案です。優先することは、まずは艦の安全を確保すること。戦うべき相手は、お互いではなく解放軍です。そこで、こちらの海兵隊員一〇人ほどを武装させて〝おうりゅう〟に乗せます。潜水艦に知悉（ちしつ）した士官を付けて。そうすれば〝おうりゅう〟が帰国することを阻止できるようにも見えます。その後、太平洋側の深い海域で待機してもらい、日台政府間での話し合いがまとまれば、そのまま東沙島へと向かうなり日本に引き返すなりすればいいのです。〝おうりゅう〟に乗り込むその士官には、自分が立候補します！」

「おいおい、自分の艦はどうするんだ」

「艦長がいるじゃないですか。それに、うちの士官は皆優秀ですよ」

「これは明らかに指揮権を侵犯する行為だが、どうですか、艦長？」

「他に名案が出そうにないですね……。いったん艦に持ち帰らせていただけますか。ただ、他に案も出そうにないので、台湾側がそれでいいのであれば、兵士の選抜をお願いします」

「了解です。すぐ上陸して、上を口説いてきます。副長、君も乗艦準備と、引き継ぎをしておけ」

　解決とはいかないが、ここでこのまま標的となるよりはマシだろう。

　永守は自艦に戻ると、司馬と生方艦長に台湾側の提案を示した。

　生方は良い顔をしなかったが、司馬はそのあたりが妥協点だろうという反応をする。

　どの道、日本政府は賛成しないだろう。ならばその台湾軍兵士を乗せたまま、のらりくらりと時間稼ぎをして逃げ回ればいいのだ。


　シンガポールに新設されたインターポール・反テロ調整室（RTCN）の理事国メンバーは、この危機がはじまった時から、通りを一本渡ったアメリカ大使館に詰めていた。

　そこには理事国メンバーではないが、後にイギリス政府を代表して、MI6の面子も加わっていた。

　今や世界中の捜査機関を指揮していた。彼らがRTCNの新築ビルではなく、米大使館で指揮をとっているのは、RTCNのインターネット回線が貧弱だからという理由だった。

　RTCNを率いるのは、中国政府から派遣された許文龍（シュウェンロン）警視正だ。身長一九〇センチの長身で、フランス留学を経験したインテリエリートでもある。

　彼を支えるのがFBIから派遣されたRTCN次長の黒人捜査官・メアリー・キスリング、警察庁派遣の柴田幸男（しばたゆきお）警視正、韓国から派遣の朴机浩（パクボムホ）警視だ。

　会議室で、許は上海からの電話を聞いていた。蘇躍（スウユエ）警視が喋っていた。

「いいか、まず、慎昭林（シェンジャオリン）の同居人のPCR検査結果が出た。MERSはもとより、COVID－19の反応も出なかった。医者は、おそらくただの風邪だろうと言っている。そのMERSが従来の検査キットに反応しないタイプのものだという可能性はあるがな」

「それは無いだろう。客船で発病した患者は、従来の検査キットで反応が出ている。だが気をつけろ。COVID－19は、無症状感染者がウイルスをばらまいた」

「わかっている。慎も、今のところ症状は出ていないし、検査キットにも引っかからない」

「捜索の方は、どうだ？」

「まだようやく夜明けだぞ。〝千里眼〟システムのデータは洗っている。市内の簡易宿泊所周辺の監視カメラで顔無しの対象者を拾ってはいるが、まだ当たりはない。市民は立て籠もっている。この状況下で、奴にウイルスをばらまく手段は無いだろう。市外に脱出できる市民もいないし、ここは気長に待つしかないな」

「ありがとう。感謝するよ、同志に」

「おや？　お前さんから初めて聞いたな、感謝の言葉なんて。俺は引き続き慎昭林を取り調べる」

　許は電話を切ると、会話の内容を全員に伝えた。

「つまり、上海市内ではまだ一人も陽性者は出ていないということね。それはいいことじゃないの」

キスリング女史がそう言った。

「奴が上陸してから、もう二日が経過した。船内での発症を考えると、そろそろ市内で発熱患者が出る頃だ」

「医療態勢は、ＣＯＶＩＤ－19の頃より遥かに強化されているし、経験もある。あの時の武漢のような広がりは無いでしょう。こういう時は、全体主義国家の利点が最大限発揮できるわ」

「……くだらない戦争を止めたらどうなの？　今は、感染対策が優先だが」

英国対外情報部の大君主ことＭＩ６極東統括官のマリア・ジョンソンが皮肉げに言った。

「戦争なんかしている場合ではないことは知っている。だが、私にはどうにもできない。指導部は、その二正面作戦をやりきれると思っているんだろう」

柴田はその会話には加わらず、ＣＮＮを映すテレビ・モニターに見入っていた。

燃料切れで千歳空港に緊急着陸した旅客機から、脱出用シューターが出ている。それが出た瞬間、客室乗務員の制止も聞かず、乗客が我先にと飛び降りた。

すでに千歳は朝陽が昇っている。人間の長い影が、滑走路脇の原っぱまで伸びていた。

北米大陸への着陸を拒否された旅客機は、中国へと戻る途中、千歳で燃料給油を受けることになった。勿論、誰も降りずに、ハッチも開かずに離陸するはずだった。

ところが開かないはずのハッチを誰かが開けたようで、シューターが展開し、次々と乗客が降りはじめたのだ。

地上に降りた乗客は四方八方へ走った。それを空港職員や警察、消防が制止しようとしているのだが、何しろ空港は広い。

　対岸の航空自衛隊千歳基地から、武装した自衛隊が出てくると、乗客を一箇所に纏めようとしていた。

「……こんな事態は想定していなかったよな」

「ロシアは、アリューシャン諸島に緊急着陸を要請してきた民航機を一機撃墜したという話よ。事実なら、間もなくニュースになるはず」

「それ、韓国機です」と、朴警視が言った。

「ソウル空港発の便でしたが、上海からの便が離陸前に仁川空港に到着していて、ロシアはそこからの乗換客の存在を疑ったらしい。偏西風が強くて、千歳まで帰れなかった。せめてカナダで受け入れてもらえれば、こんなことにはならなかったのに、残念です」

「未だにコロナの打撃から立ち直っていないのに……。本当のパンデミックは、これからだろう。映画のようなパンデミックが起こることになる。競技場を掘り返して、死体を埋めるような――」

　柴田は、東京で暮らす両親のことを思いながらそう呟いた。

　東京が潰滅した後、せめて遺体をそれなりに扱ってくれる人間がいてくれることを祈った。

「ここシンガポールは、どうなのかしら？」

「中国便の乗客は、発覚前の便に遡って追跡はできているそうよ。それについては、シンガポールは、抜け目ない。国境付近での越境だけ阻止できれば、ウイルスの侵入を阻止できるでしょう」

　マリア・ジョンソンが説明した。シンガポールはＣＯＶＩＤ－19の時、いったんは押さえ込んだように見えたが、外国人労働者の劣悪なコミュニティで感染爆発が発生し、痛い目にあっていた。

「これは、また中国のせいにされるのかな？」

そう許が問うた。

「気にしても仕方無いじゃない。われわれ捜査当局は、テロリストの動機に同情などしない。寄り添うべきは被害者です。でも、世論はそうはいかない。それでも、きちんと反論することね。あなた方が、ウイグル族の絶滅を意図しているのでなければ、ですが」

「アメリカ人は、結局はその手の皮肉に落ち着くんだな」

「中国だって、中東問題をアメリカの自業自得だと言うじゃない？」

「なら、君たちが非難するウイグル弾圧は、アメリカの中東での失敗がもたらした副産物にすぎない」

「同意します。ウイグルで起こっていることに、アメリカは無関係ではない」

引き続きテレビを見ていた柴田が「うわっ！」と声を上げた。

音は無いが、野原で乗客を追いかけていた制服警官が、ピストルを抜いて空に威嚇発砲したからだ。

蘇躍警視は、セーフハウス二階の取調室に、慎昭林が横たわってるアイソレーターを運ばせていた。

慎本人は感染していないようなので、少なくともハミール・エジルが客船から海に飛び込んで上陸した時点では、彼は感染していなかったのではと思うようになった。

蘇警視は、すでに防護衣を脱いでいる。マスクも外した。アイソレーターがそれだけの性能を持っているのかどうかはわからないが、何もかもがあまりに窮屈だったたからだ。

フィルター装置の換気ユニットだけを窓外に出し、尋問を開始した。

「君のメール履歴を確認しても、彼らしき人物とやりとりした形跡はなかった。どういう繋がりなんだ？」

蘇警視は、マジックミラー越しにマイクで呼びかけた。

「……数年前、香港のコミコンで知り合いました。彼のファンだった。本当は弟子入りしたかったけど、彼は、自分はそんな大層な人間じゃないと言うから……。でもあの日、知らない番号から突然電話がかかってきた。出ると、彼だった。今川沿いの倉庫街にきている。荷物があるのに、移動手段が無い。もし手が空いていたら車を手配してもらえないかと言われた。だから、友達の車を借りてすっ飛んでいきました」

その電話番号は、客船に乗っているフィリピン人乗員のものだと判明していた。

「彼は、咳込んだりしていなかったかね？　あるいは、熱っぽいそぶりとかは」

「いえ、それは無かったです。彼は、特殊メイクの道具が入った荷物を香港から倉庫街宛に送ったんだと思いました。大きなショルダーバッグを抱えていました。そういえば、少し髪が濡れていたような……」

「顔認識ソフトに引っかからなかったのは、なぜだと思う？」

「そんなの、誰も彼の本当の顔を知らないからですよ！　僕だって見たことはありません。いつも何かの特殊メイクをしていた。てっきり、お遊びだと思っていたんですが」

「でも君はその倉庫街で、彼だとすぐにわかったんだよね」

「ええ。憧れのアーティストですから。いくらメイクをしていたって、親兄弟ならわかるでしょう。それと同じです」

「連絡先は？　交換したかな」

「いいえ。こっちの撮影所を案内したいのでせめてメールのアドレスを教えてほしいと頼んだけど、携帯を香港に忘れてしまった、こちらで使い捨ての携帯を確保しなきゃならないと言ってました。仕事が片付いたら電話するから、その時はぜひこの街を案内してほしいと言ってました。だから、昨日から予定を全部開けていたんです。でも、確かに変ですよね。携帯が無いのに、僕の携帯番号だけ記憶していたなんて……」

「それは災難だったね。彼は、ウイグルの話とかはしていたかな？」

「なんとなく、回教徒の雰囲気があるとは思っていたけれど、政治の話とかは全然。ただ、最近の香港は締め付けが厳しくて、いろいろとやりづらくなったとは言ってました。その程度の愚痴(ぐち)は、中国公民としての通報義務違反にはあたらないですよね」

「まあね。そんな話をいちいち聞いていたら、人民全員を収容所送りにしなきゃならないから。まあ、この国全体が収容所みたいなものだがな」

ここで蘇がハッハッと笑ったので、秦卓凡(チィンチウオファン)が一瞬睨みつけた。

「……あの、僕は、死刑になるのでしょうか」

「君が真実を全て話してくれれば、裁判にはなるだろうが懲役刑は無いだろうな。さて、しばらく休憩しよう」

「あの、トイレに行かせてください」

「ほら、そこにミネラル・ウォーターが入ったペットボトルがある。それを空にして、その中にするんだね」

「この、寝たままの姿勢でですか」

「工夫するんだな。そこを汚すんじゃないぞ。たぶん掃除はできないから」

蘇はマイクとスピーカーの電源を落として椅子に座ると「どう思う？」と秦警部に聞いた。

「嘘は言ってないでしょうね。巻き込まれただけの気の毒な青年だ。こうなると、監視カメラの顔無しの捜索だけが頼みですね。慎の口ぶりからすれば、顔無しの映像を片っ端から彼に見せれば、ローラー作戦のスピードアップができるかもしれない」

「その顔無しのリストって、どのくらいになるの？」

「そうですね。彼がハミール・エジルを降ろした周辺と時間帯に絞るなら、二〇〇〇人前後ではないでしょうか」

「そんなにいるのか……」

「はい。まず外国人観光客が多いエリアです。彼らの顔はデータベースには登録されていません。われわれが監視するのは人民です。観光客は、だいたいが身なりで判別できますね。それと、地方からの出稼ぎの不法就労者も。彼らは元から、その手のデータ登録から逃げ回っていますし、そういう連中が顔無しとして検出され、なお簡易宿泊所に偽名で泊まっていたらお手上げです」

「世界最先端のＩＴ社会も、一皮剝けばその程度なのか」

「上に政策あれば下に対策あり、の国ですからね。辛抱強く待ちましょう。まだ市民から一人の感染者も出ていないのは、いい傾向です」

「……待てよ。警部、君ならどこでウイルスをばらまく？」

「それは、ええと、効率を考えると、駅とか空港とか、ショッピング・モールでしょうね」

「大陸全土に素早く拡散させたいと思ったら？」

「空港です。ただ、空港はもともとセキュリティが厳しい。なら、上海駅の高速鉄道乗り場とかでしょうか。ここも一応、セキュリティはありますが……」

「ここは、すでに顔無しの精査はやったんだよね?」

「真っ先に二日分をやりました」

「もう一度やろう!　今度は慎青年に確認させるんだ」

「わかりました。あのままで、モニターを横に置いて見させますか?」

「馬鹿馬鹿しい。感染はしているかもしれないが、今は効率が物を言う。防護衣で完全武装させてチェックさせよう」

　ぞっとする。空港にしても駅にしても、一通り調べてもそこにハミール・エジルはいなかった。だから、上海の外にウイルスは出ていないという判断をしている。

　確かに、ハミール・エジルは上海から出ていないかもしれないが、ウイルスを乗客に感染させることはできた。

　当局の悪い癖で、それはまだ起こっていないという先入観で動いていた。

　速やかな軌道修正が必要だった。


　台湾も夜明けを迎えていた。台湾南部左営海軍基地では、潜水艦〝おうりゅう〟が出航準備をはじめていた。

　海軍司令部との話がつき、一二名の海兵隊員と、潜水艦士官として〝海龍〟副長の朱蕙中佐が乗り込むことになった。

　そして、驚くことに海兵隊分隊を率いて現れたのは、ついさっきまで乗り込んでいた鐵軍部隊(アイアン・フォース)の陳大佐の部下、情報参謀の呉金福(ウージンフー)少佐だった。

永守智之一佐は、思わず「なぜ？」と呟いてしまった。

「この潜水艦が好きになりましてね！　何か失礼があってはならない。もちろん間違いが起こっても困る。だから自分が志願しました。もちろん、司令部の命令には従いますが、馬鹿なことはしないとお約束します。上陸任務に備えてアサルトライフルも持参しますが、艦内で引き金を引くようなことはするなと命じてあります。穴が開いたら大事だ」

「でも、この兵士の皆さんも、さっきまで乗り組んでいた若者たちでしょう？」

「海兵隊員です。この潜水艦が絶対に沈まないことを、身をもって体験した連中です。ご安心ください」

「そういうことなら、歓迎するしかないですが」

外が騒がしくなった。サイレンが鳴っているような感じだ。

「ミサイル・ウォーニングです、司令！」

朱中佐が叫んだ。

「欒山（ルーサン）のEWRレーダーが、弾道弾をキャッチしたという警報です。最短六分で到達します。すぐに出航を！　これが出ないと〝海龍〟も動けない」

「了解した。艦長、ただちに出航を！」

司馬たちは、すでに上陸した後だ。

「もし空母攻撃用弾道弾だったら、イメージ・ホーミングで狙ってくるぞ！　湾内にいる間に潜航を開始せよ」

潜水艦〝おうりゅう〟のスクリューが激しく水しぶきを上げて回転しはじめた。だがその動きはあまりにもスローモーだ。

「急げ、急げ！」

朱中佐がラダーを昇り、ブリッジで一瞬、ウォーキートーキーで陸上と話をした。

「弾道弾攻撃、合計六発だそうです!」

ブリッジから下へ向けて叫んでから降りてくる。

「司令部要員やゲストは、すでに退避壕へと避難を開始しました。われわれも急ぎましょう」

〝海龍〟のスクリューも回転をはじめた。二隻は、ほとんど同時に桟橋を離れ、同じ方角へと舵を切った。

「上は、晴れていましたか?」

永守は朱中佐に聞いた。天気は大きな問題だ。もし晴れていれば、潜っていても上から覗かれるおそれがある。

「いえ、曇っていました。高度二〇〇〇メートルほどに雲があります。雲を抜けた後のスキャンで、弾道弾を果たして軌道修正できるのかどうか」

ハッチが閉められ、空気圧がかけられて気密漏れを確認する。湾口に差しかかると生方艦長が「ゆっくり潜れ、潜望鏡深度でいい!」と命じた。

「この辺り、遠浅ですよね?」

「はい。残念ながら」

二分で出航したが、潜望鏡深度に達するまでは三分かかった。すぐ後ろに〝海龍〟が続く。

着弾の衝撃は〝おうりゅう〟の発令所でも感じ取ることができた。海底を伝わってきた震動でだ。まるで、海中で地震を感知したような感じだった。音こそしないが、それなりの震動が船体を震わせた。

幸い直撃は無かったが、潜望鏡を上げると、桟橋の辺りで複数の命中弾を喰らっているのがわかった。黒煙が何本も上がっている。危機一髪だった。

「雲に救われましたね……」

「ええ、同感です。われわれはツイていました」

朱中佐は、ほっとしたように微笑んだ。

二隻の潜水艦はそのまま潜航し続け、台湾最南端の墾丁（ケンティン）を回って太平洋へと脱出した。

陸上自衛隊・習志野駐屯地では、土門康平陸将補が朝食代わりのヨーグルトを食べながら、テレビを見ていた。

NHKで、マズい映像が繰り返し流れている。千歳空港で、フェンスをよじ登ろうとしていた乗客を、パニックに陥った制服警官が後ろからピストルで撃ったシーンだ。

男性の乗客がその場に頽（くずお）れる場面が繰り返し流れている。まるで、ベルリンの壁での出来事を思い起こさせる映像だ。

だが、そのニュースは長くは続かなかった。すぐに台湾からの臨時ニュースに切り替わったのだ。どこかの街で黒煙が上がっていた。台湾のテレビ局からの臨時ニュースである。

ここで、姜三佐が駆け込んできた。

「これ？」と、土門はテレビを指さした。

「はい。海自のイージス艦が、大陸から発射された六発の弾道弾をキャッチ、左営軍港への着弾を確認しました。被害状況は不明。強奪された味方潜水艦は、無事かどうかも不明です」

「まあ、見事に着弾しているよね」

「台湾のアナウンサーは、なんと言っているんですか」

「左営基地周辺は、携帯もインターネットも回線が遮断されているので、現地からの情報は高雄の地方局のライブカメラ映像だけで、これがどういう攻撃かはわからない、そう言っているな。爆弾なのか、ミサイルなのかも不明……。というか君、北京語を勉強しているよね」

「はい。でも隊長に聞いた方が早いし正確ですからね」

「フィッシュたちを乗せたロス級原潜の入港の報せはあったか？」

「まだです。予定ですと、あと三〇分はかかるはずですが」

「入港先の変更があるな。司馬さんは、まだ左営にいるんだよね？」

「フィッシュを待ってますからね。司馬さんだけでなく、うちの隊員も一緒です」

「せっかく作戦が成功したのに、台湾に泥を塗られたな……」

「ええ。気持ちはわかりますが、無茶ですよね。窮鼠猫を噛む、溺れる者は藁をも掴むというか……」

「たとえとして、どれもしっくりこないね。原田君は？　何も言ってきてないな」

「衛星携帯を持っていますから、何かあればこちらに直接連絡を入れるでしょう。あの人の容体に関しても、続報はありません」

「まああの爺さんのことだから、二、三日はのたうち回ってほしいよな！」

「……罰が当たりますよ。それと、シンガポールのRTCNからの情報が警察庁経由で届きました。上海では、未だに感染者は確認できないそうです」

「それ、信じていいのか？　事実だとしても、これからじゃないかな。客船の行き先は？」

「神戸は無しです。真っ直ぐ東京湾へと向かっています」

「それ、東京湾に入れちゃうの？　乗員乗客が海に飛び込んでどこかに泳ぎ着くかもしれないよ。千歳のようなことになる。そもそも、飛び込んだ時点で助けないわけにもいかないけどな」

「さあ、海保がどうするのかも知りません」

また画面が切り替わった。NHKのアナウンサーが「防衛省筋の情報として、大陸間弾道弾が発射された模様。ただし核弾頭ではない」と繰り返しはじめた。

刻一刻と、戦争の足音が近づいてくる――。

水野らを乗せたロス級原潜は、結局左営への入港はしなかった。

南の高雄港手前で停止し、台湾海軍が差し向けたコルベットに収容されて、まだ煙が上がっている左営へと帰ってきたのだ。

司令部ビルが一部倒壊していた。正確には、半壊状態だ。

命中精度は凄まじく、潜水艦二隻が泊まっていた辺りには、四発が命中している。うち三発は、そこに潜水艦がいたら間違いなく命中していただろう精度だ。

司令部ビルから離れた護岸で、司馬が水野らを出迎えた。

「ご苦労様、フィッシュ、トッピー。台湾軍が航空機を用意してくれます。シールズのコマンドと一緒に、ここから石垣空港へと飛んでください」

「いったいここ、何があったんですか?」と水野が聞いた。

「まあ、いろいろあって、作戦は成功したわよ。見事にね。でも、潜水艦は台湾に強奪され、中国は、その強奪された潜水艦を狙って報復ミサイルを発射したというわけ」

「強奪? 隊長はどうなさるんですか? 帰国した方がいいのでは」

「あたしは人質なんです。あなたたちを最短ルートで日本に帰国させるための人質。もう、本当にうんざりしているわよ!」

台湾総統府は、左営で起こった事態に関する発表の前に、東沙島守備隊の帰還に関して、大々的に発表した。

それは複数の同盟国の協力のもと決行され、包囲された中で見事に成功したこと。海兵隊員全員が、欠落なく島の脱出に成功したこと。総統府は、協力してくれた同盟国政府、軍人諸氏に最大級の謝意を述べるものであるとした。

スポットライトを浴びて〝海龍〟から降りてくる兵士と、それを出迎える国防大臣の姿も流された。

一方、中国外交部は、間髪を入れずに東沙島で負傷兵が投降した時の映像を公開した。

東沙島で雷炎(レイイエン)大佐が書いた筋書き通りのことが発表されたのだ。

——われわれは潜水艦の接近にも、台湾軍兵士の脱出にも気づいたが、殺戮が目的ではないためわざと見逃した。その後、彼らが置きざりにした負傷兵を温かく受け入れ、最善の治療を施すために、ただちに本土へと空輸した。

いずれにせよ台湾軍守備隊はいなくなり、東沙島は、本来の人民解放軍の管理下に置かれることになった。

これにて、東沙島作戦は完全に完了したのだ、と。

第七章　一隻の波紋

東海艦隊参謀の馬慶林（マチンリン）大佐は、Ｙ－７双発輸送機に乗り東沙島空港に降り立った。

滑走路は復旧整備されていた。戦闘機の離発着に耐えられるほどではなかったが、輸送機や哨戒機が離発着する程度には整えられていた。しかしまだ砲撃跡はしっかりわかる。

工兵隊が入り防御陣地を造成していた。綺麗なラグーンが島の中央にあったが、きっと来年の今頃は、ここも埋め立てられて大規模な軍事基地が完成するだろう。

島を制圧した海軍の陸戦旅団は、すでに撤退の途上にあった。しばらく休息し、すぐ次の作戦に駆り出されることになる。

馬大佐はそこからさらに哨戒ヘリに乗って、南海艦隊旗艦の駆逐艦〝南昌（ナンチャン）〟（一三〇〇〇トン）に降り立った。

小部屋に案内されると、艦隊参謀長の賀一智（ホヲイーチィ）海軍少将が待っていた。

「司令官殿はお休み中だ。起こす必要があるかどうかを判断しなきゃならない」

「恐縮ですが、起こしていただくしかありません。でないと後日、東海艦隊司令部から苦情が届くことになります」

「了解した」

提督は、副官に司令官をすぐに起こすよう命じた。

「とにもかくにも、作戦をやり遂げたことは称賛に値する。おめでとうございます」

「心にもないことを……。君の顔に書いてあるぞ。無様な戦争をやりおって、とな」

「そんなことはありません。戦争が計算した通りに進むようなら、戦う必要はない。対戦国同士で計算結果を持ち寄り、負けるとわかった側は戦わずに白旗を揚げればいいのです。それで人命は救える。今時、兵士の命ほど貴重なものはありません」

「確かに、われわれは多くの兵を無駄死にさせた。その責任から逃れられるわけではない。挙げ句に、そこに敵がいるとわかっていて、みすみす逃したのだからな」

東暁寧(トンシィアオニン)海軍大将(上将)が現れると、馬大佐は、起立して敬礼した。

「お休みになられましたか、提督」

「おやおや。誰かと思えば、唐東明(タンドンミン)の秘蔵っ子、オペレーションズ・リサーチの馬大佐ではないか。自分に任せていれば潜水艦を発見できたと、笑いにきたのかね」

「いえ、その程度なら、せいぜい皆さんのプライドを傷つける程度で済みます。もっと大きな話です。日本の潜水艦の能力に関しては、東海艦隊でも衝撃を受けています。あれは、これからの作戦の大きな変数になると」

「説教ならもう十分だ。われわれはフリゲイト一隻と、貴重な乗組員一九〇名を一瞬にして失った」

「私たちは、日本の海上自衛隊の編制を長らく奇異に見ていました。どうしてあんな数の哨戒機を維持し、潜水艦もピカピカの新品を二〇隻も運用する必要があるのだろうかと。あれは戦うための装備でした。あんなものを釣魚台沖に二隻も潜ませられては、一連の作戦は頓挫します。日本がその気になれば、一瞬にして空母も駆逐艦も沈むということですからね」

「釣魚台は確かに目の上の瘤だが、別に台湾奪取のためには必須ではなかったのだろう？」

「現時点でもそうです。釣魚台攻略に関して、明確な判断があるわけではありません。ただ、いずれにしても安いコストで西沙島を攻略して台湾人民の意志を挫き、台湾の恭順の意を得る作戦は、障害に直面していることも事実であります。ここで釣魚台を攻略して手に入れれば、台湾は北と西で失点を重ねることになる。更に恫喝がやりやすくなると主張する者も多い」

「……好きにやればいい。釣魚台を奪還すれば、人民も熱狂するだろう。南海艦隊としては、この東沙島の守りを固めることに専念させてもらうよ」

「それでご相談なのですが、東沙島防衛は陸軍、空軍に任せて、東海艦隊に加わってほしいのです。ここの守備を、艦隊総掛かりでやる必要はない」

「われわれはすでに空母も差し出した。ここから離れたら、どうやって島を守るのだ？」

「フリゲイトを二、三隻残しておけば十分です。空からの攻撃は空軍で防げるし、仮に潜水艦で逆上陸してくるようなら、爆撃して更地にするまでです」

東提督は呆れた顔で、艦隊参謀長を見やった。

「意見は？」

「この島を奪うために、五〇〇名からの兵士が戦死した。守り切れるかどうかもわからないのに、とっとと撤収させろというのかね。陸戦隊を引き揚げるのにも、だいぶ迷ったのだぞ」

「それは、確か旅団作戦参謀の雷炎(レイイエン)大佐の提案ですよね。彼、どうですか？」

「扱いにくい男だ」と、東が言った。

「ほう……。では、東海艦隊でもらい受けてもよろしいですか」

「それはできんな。姚彦(ヤオイエン)少将が手放さんだろう。扱い辛い男だが、優秀であることも事実だ」

「雷炎大佐の考えは正しい。戦死者に申し訳無いからこのまま作戦を続行すべきだというのは、大戦中に日本が陥った罠です。台湾軍に反撃する余力はありません。海軍力も空軍力も不足しています。敵も出てこないのに、こんなところで燃料を無駄遣いするよりも、東海艦隊と合流した方が仕事もできます。日本の潜水艦に報復もできるかもしれません」

「唐東明の下で働けというのか？」

「いえ、そこは自分が責任をもって調整します。万一、南海艦隊がここを留守にしたことで奪還されるとしたら、当然、東海艦隊からも応援して戦うことになります。日本に復讐したいなら、そうすべきです」

「そんなもの、微塵も無い。そりゃ恥はかかされたが、それだけのことだ。己の不用心さが招いた事態だ。だいたい――」

東提督はそこまで言うと力なく笑った。話すだけ無駄だという表情だ。

「遠慮無く仰ってください」

「そうだな、われわれが昨日経験したことを教えてやろう。これは、哨戒機がとか、ソノブイが一〇〇〇本あればどうこうという問題ではないのだ。相手が日本の潜水艦だという話でもない。われわれには、能力がはなから無かっただけ。登山を前に、金にあかせて登山靴やピッケルを買い揃えたが、肝心の技術は無い――そのことを思い知ったよ」

「承知しています」

馬大佐は、そこでブリーフケースから14インチのタブレットを取り出した。

「ここでお見せするのは、二日前、東沙島沖で潜水艦の熱源を探知してから東海艦隊と哨戒機部隊がとった行動を全トレースしたものです。一二時間の動きを早送りしています。東海艦隊の対潜作戦の専門家で検証したところ、何一つ問題点を指摘できませんでした。第三者が評価しても、これだけ濃密な対潜作戦で二隻の潜水艦を発見できなかったのか、誰もわかりませんでした。これは、南海艦隊が無能だからではなく、事実としてわれわれに潜水艦を狩る能力がないことを意味します。だからこそ、応援がほしい。潜水艦を発見する可能性が五パーセントしかなかったとしても、それを一〇パーセントに上げることはできます」

「無理だな」

東提督はそうあっさりと言ってのけた。打ちひしがれた表情だ。

「君ら東海艦隊は、深度一五〇メートルを超える深さの海での対潜訓練などやったことはないだろう？　コンバージェンス・ゾーンや〝層深〟の、何たるかも知らない。それは無謀というものだ。これ以上、日本を刺激しない方がいいぞ。彼らが本気になれば、我が艦隊は一週間で潰滅する。たった一隻の潜水艦が巻き起こす恐怖と無力感を、幸いなことに君はまだ知らないのだ」

「しかしこれは、すでに中南海の裁可を得た作戦なのです。提督には、同意していただくしかありません。ご承知でしょうか。台湾海軍によって強奪されました。日本の潜水艦は現在、なくなり、われわれに襲いかかってくるのです。政治的制限があれこれ迷っている時間もなければ、派閥抗争をやっている余裕もありません」

「わかっているさ。唐東明は、そういうところは抜け目の無い男だからな。空軍と調整し、ゆっくり動くよ。日本を真似て、ニンジャ戦法でこっそり移動する。ここに留まっても、狼の餌食になるだけだということはわかっている」

「期待しています。それと当分、陸戦隊の出番は無いのですから、雷炎を手元に置くことをおすすめします。才能は使ってこそ役立つものです」

馬が部屋を出ていくと、東提督は「面白いことになる」と、皮肉げな笑みを漏らした。

「痛い目にあって吠え面をかく唐東明の顔を拝むのも、悪くはないかもな」

「そうなるということは、われわれの作戦が水泡に帰すということです。いささか喜べない話になるのでは」

参謀長がそう応じた。二人の艦隊司令官の間には確執があるともっぱらの噂だったが、これは相当に根深いもののようだと参謀長は思った。

馬を乗せた哨戒ヘリが発艦していくと、東提督は、自分の艦隊に現場海域からの離脱を命じた。

台湾はすぐ気づくだろうが、反撃するだけの戦力があるとは思えない。脅威となるのは、台湾が奪ったという日本の潜水艦のみである。

港にいるところを弾道弾ミサイルで狙ったが、あと一歩で撃ち漏らした。潜航した後は、もちろん行き先はわかっていない。

この海域に到着する前に艦隊を避難させねばならなかった。島の防衛は、空軍に委ねるしかない。

宋勤元(ソンチン)少佐は、海南島空港に軍が徴用した民航のジェット機で降り立った。そこから更にヘリで三亜海軍基地のグラウンドに着陸すると、グラウンド上で整列している小隊の姿が見えた。

その前へ背広姿のまま歩き出した。昨夜、かつての上官に呼び出されてから着替える暇も無かった。

賀宝竜（ホラバオロン）兵曹長（一級軍士長）が、小隊から二列分前に出てきた。

「兵曹長、昔より太ったね」

「ほんの五〇〇グラムであります。自分がお迎えできて光栄です」

懐かしい顔が揃っていた。だが半分は見知らぬ顔だ。新人隊員だろう。

〝蛟竜突撃隊〟はそういうところだ。生きのいい兵隊が集まるが、若さ故（ゆえ）の弱点ももつ。

「宋勤中佐殿に、敬礼！」

「……おい、誰が中佐だって？」

「はい。任（レン）少将が、君から伝えてやれと。娑婆に別れを告げる手数料だそうです。早速ですが、部隊に一言いただけますか」

「わかった。――みんな、まさか昨夜からここで待っていたんじゃなかろうね？」

ここでどっと笑いが起こった。

「すまない。あちこち調整する必要があって、こんな時間になってしまった。知っての通り、日本の潜水艦に味方のフリゲイトが沈められ、大きな犠牲を払った。表向き、日本は中立を装っているが、現実には台湾に荷担し動いている。これは厳しい戦いになる。残念だが、全員でここに戻ってこようとは言えない状況だ。覚悟してくれ」

テーブルが持ち出され、そこに現在の装備が並べられた。

「現在のわれわれの装備をご覧ください。それと、中佐殿の現役時代の戦闘服も用意しておきました。いつか戻ってくるから大事に保管しておけと命じられていましたので。体型はお変わりありませんか」

「見ての通りだよ。四眼ゴーグルは、やめたのかね？」

「はい。ネイビー・シールズを真似てフルパノラマの四眼ゴーグルを導入しましたが、メリットがあまりないことに気づき、双眼に戻しました。四眼になることでバッテリーも重くなり、そのバッテリー自体も長持ちしません。その代わり、レンズの性能が改善され、フルパノラマとはいかないまでも、四眼に匹敵する視界は得られます」

「どこ製だ？」

「同盟国を経由し、本来手に入れられない国から購入しました」

「分隊支援火器も、狙撃銃も新しくなったのか。ほんの半日の勉強で、私が追いつけるかね？」

「外国の言語や文化を理解する困難さに比べれば、たいしたことはありません」

「いやぁ、異文化研究は面白いよ。それに今や、中国が捨てた漢字文化を唯一正統に守っている国だしね。最近、台湾でも簡体字が流行っているそうなんだ。嫌になるね。伝統文化を疎(おろそ)かにする国は滅びる」

「仰る通りです。では、最近入ってきた新人隊員をご紹介しますか？　それとも、作戦概略の検討に入りましょうか」

「紹介は後でいいよ。どうせこの後、待ち時間が腐るほどある。さてみんな、注目してくれ！　いろいろと考えた。これは離島への潜入工作だ。人数は、少なければ少ないほど成功の確率は上がるだろう。だが敵と遭遇する可能性もあり、その場合は応援を得らないまま戦闘を継続せねばならない。そして肝心の敵の戦力は不明。小隊規模なのか、中隊がいるのかもわからない。よって、一個小隊全員で上陸する。覚悟してくれよ。君らは、釣魚台などいつでも奪えると思っているかもしれないが、間違いなくわれわれは孤立した戦いを強いられることになる」

「では、ひとまず解散！　一時間で出撃だ。各自出撃準備を急げ」

　賀兵曹長の一言で全員が駆け出し、隊舎へと全力疾走していく。宋勤は、その後ろ姿を視線で追いかけた。

「若いね……」

「はい。しかし、しっかりと鍛えています。選抜された兵士です。部隊が人民に知られ、映画も何本か作られたことで志願率が上がりました。そのせいで、標準化された優秀な兵士の部隊になりました。昔のような、欠点はあるが使えるくせ者は減っています」

「陶剛強（タオカンチィアン）中佐の戦死を聞いた。残念だ」

「ええ。実は二人目のお子さんが生まれたばかりでした。遺族には、まだ連絡する余裕がないらしく……」

「そうか。その後、徐孫童（シュイスントン）中佐とは連絡が取れているのか」

「はい。客船に随伴する巡視船に、部隊とともに留まっています。作戦としては、客船内に辿り着いた四一四突撃隊の残存兵が船内にいる、各国の軍の退役組の協力を得て決起することになっていました。ですが、想定したよりも早く感染症が船内で広がっており、自由に動けない様子です。中国代表団も倒れています。死体はデッキから海に投げ入られ、それを後ろから追いかける日本の公船が銃撃して一瞬で海に沈めているそうです」

「なるほど。われわれの任務は感染とは無縁だが、徐も歯がゆいだろうね。すぐそばにいて、何もできないとあっては」

　宋は、隊舎の尖塔に掲げられた時計に視線を上げた。潜水艦とのランデブー時刻から逆算して動かねばならない。

「また腕時計をしてないんですね」

「スマホがあれば十分だろう」

「では、今すぐこれをつけてください」

兵曹長は、テーブルの上に載せられていた防眩仕様の真っ黒なダイバーズウォッチを手渡した。防眩性能優先のため、盤面には黒いカバーがかけられている。

宋はそれを左手首に巻いた。

学究の徒として生きるつもりだった宋は、二度とここに戻ることはないと思っていた。

だが、これで覚悟を決めることになったのだ。

習志野駐屯地で、土門隊長は隊舎の玄関に立ち、市ケ谷を出た政務官専用車が入ってくるのを待っていた。

過去二回の訪問では、抜き打ちというか奇襲攻撃に近いものがあったため不愉快な思いをしたが、なぜか今回は初めて事前に訪問の報せがきたのだ。

つまりこれは、政務官の公務なのだろう。

与党国防部会のメンバーにして日台友好議連の理事、そして防衛政務官の桑原博司は、秘書を車内に残して隊舎に乗り込んできた。隊長室に入ると、前とは打って変わりる冷静な態度で「座っていいかな」と土門に聞く。

「もちろんです、どうぞ。今コーヒーをお持ちします」

「先日はすまなかった。みっともないところをお見せした」

つい昨日、桑原はこの部屋に入るなり「息子を助けてくれ」と土下座したのだ。

「いえ。親は、子供のためなら何でもするものです。火の中に飛び込み、自分の命をも差し出す。

そうだ、うちの小隊長の原田が防衛医大の派遣チームと一緒に客船に乗り込みました」

「知っているよ。人員は確認している。まさかと思ったが本当に衛生兵だったんだね」

「はい。それでご子息と会って話したそうです。すこぶる元気で、まだ感染もしていないようです。ボランティアとして、入院病棟で忙しく働いていると言っていました。原田君には、ご子息の感染防御に最善を尽くすよう命じています」

「ありがとう。それにしても、やはり血を引いているんだな。政治家って奴は苦しんでる人間がいると放ってはおけない性分だ。——それで今日ここに来たのは、例の潜水艦の件だ。海自さんは怒っているね。危険極まりない作戦だと承知で引き受けたのに、恩を仇で返されたと。実は日台友好議連は、潜水艦が左営に入港する前からあの潜水艦を貸してもらえないかと相談を受けていたらしい。事が明るみになった後になって、今朝からまた変なことを言ってきた。土門さんを説得してくれ、とね。本当に変な連中だ。最初は、私も知らなかったあなたの名前を出して、奴を黙らせろと言ってきたかと思えば、今度は説得してくれとも言う。土門さん、あなたは台湾とはどういう関係があるんだ？」

「わかりません。台湾の軍関係者に、知り合いはいませんし。ただ、自衛隊として、全く付き合いが無いということもなく……。確かカウンターパートとして、水機団で北京語を教えている女性教官がいたはずです。彼女がたまたま今台北にいて——もちろん有休をとってですが——台湾側といろいろ交渉しているんじゃないでしょうかね。自分は直接それを聞く立場にはありませんが」

姜三佐がここでコーヒーを持ってきてテーブルに置いた。

「しばらく、電話も取り次がないでくれ」

桑原がカップに口を付けると、土門は話を続けた。

「仮に、自分がどんな実力者であったとしても、陸自の将官が海自の案件に口は出せません。それは海自が決めることです」

「あなたの個人的見解で構わない。政府としては、これは明らかな主権の侵害であるから看過できない、一度目を瞑ればきりが無くなる。こういう意見が大半だ。総統府に詫びの電話一本させて収まるようには思えない。……信義上のことはひとまずおくとして、軍略としてはどう思うね。うちの潜水艦が一隻活躍するだけで、中国海軍を潰滅させられるとしたら？　その後に控えるであろう尖閣奪取や台湾本土上陸を阻止できる。長い目で見れば、ここで中国海軍を叩きのめした方がより大きな戦争を阻止できると言われているが」

「なるほど、一理ありますな。先生ご自身は、どうお考えですか」

「国防部会の面子のことを、威勢がいいだけのタカ派ならぬバカ派議員の集まりだと批判する者は多いが、われわれとて外交のイロハはわかっている。いくら乗っ取った台湾軍が魚雷を勝手に撃った、日本は被害者だと言ったところで、誰も真に受けやしない。だが一方で、中国海軍が無傷のままでは、間違いなく尖閣へとやってくる。どんな戦いになると思う？」

「陸海空も、それなりの犠牲を払うでしょうね。護衛艦が何隻も沈み、戦闘機を五〇機ほど失うことになる。水機団も、島に辿り着く前に海の藻屑です」

「あそこは、奪われたら終わりだよね。取り返せない」

土門は、魚釣島に陸兵が上陸しているという話を彼は聞かされているのだろうかと訝しがった。

「もし今、潜水艦一隻が駆逐艦や揚陸艦を四、五隻沈めることで中国が作戦を断念するとしたら、中国の若者が一〇〇〇人二〇〇〇人死んでもより大きな犠牲を阻止できたと言えないだろうか……」

「そういうことは、軍人ではなく政治家が考え、決断すべきことです。台湾は必死でしょう。彼らの軍事力は、今の中国のそれと比較したらあまりに貧弱です。金門島すら守り切れない。もちろん中国は金門島など放置して進撃してくるでしょう」

「中国の野望を打ち砕けるかね？」

「いいえ、無理です。たとえば台湾本島攻略ですが、軍艦が無くとも民間の船舶を徴用して兵隊や戦車は運べます。尖閣に上陸するための揚陸艦が無くとも、中国空軍は尖閣上空の制空権を奪える。制空権さえあれば、兵隊は漁船でだって運べます。中国海軍さえ蹴散らせば、ひとまず今回の野望を阻止できるというのは、全く甘い考えです。アメリカがコロナの影響で混乱している今、われわれは自力で安全を確保するしかない。わざわざ、こちらからエスカレーションの階段を昇る必要はありません」

「あちらが仕掛けた戦争だぞ」

「しかし、日本が仕掛けられたわけではないのです。明日はそうなるでしょうが、今はまだそうではない。台湾が置かれた状況は気の毒ですが、日台は決して一蓮托生の関係ではありません。いかなる軍事同盟も結んでいない。これまでの友好関係を考えれば、陰でそれなりの支援をすることは結構です。東沙島の撤退作戦は、事実上の人質救出作戦でした。いってみれば、警察活動です。しかしその潜水艦で敵を蹴散らすというのは、純然たる戦争行為となります。もし台湾で誰かが私のことを気にしているとしても、残念ながら協力はできないとお伝えください。長い目で見れば、潜水艦を解放した方が日台の軍事協力はうまく回るだろうと」

桑原は、納得しがたいという顔だった。

「先生ご自身で理解いただくのが重要です。今ここで、先生がそうかと思っても、東京に戻って台湾の外交筋と会って説得されたら、向こうの言い分にも一理あると揺れ動いてしまうでしょうからね。むしろ先生から、台湾側を説得してはどうでしょうか。ここは軍が暴走したことにして、反省と謝罪の意志を示して、後々の日台関係に期待した方がいいかと。もし来週、解放軍が台北に上陸してくるようなら、その時はあの一隻が活躍していればこんなことにはならなかったと日本をせっつけばいい。得られる援助は、その方が大きいはずだとね。そもそも、現在進行形のバイオテロで、中国は潮が退くように兵を収める可能性もあります。そうなったら、中国軍艦を沈めまくった自衛隊の潜水艦という不名誉な事実だけが残る」

「……わかったよ。外交や軍事は一筋縄ではいかんな。私なりに考えてみる。それにしても、やっぱりあなたは何者なんだ？」

「私ですか？　つい先ほどまで空挺団員のブーツの靴紐を選んでおりましたよ。すぐ解けるとか、長すぎるとクレームが上がっておりましたので」

土門は桑原と一緒に玄関に出て、彼が専用車に乗り込んで出発するまで見送った。

「……やれやれだ。あの爺さんはさ、政治家の扱いだけはうまかったよな。顎で政治家を動かしていたもの。今にして思うと、あれはある種の軍閥だ」

「そうなのですか？　私はよく知りませんが」と、

横にいた姜三佐が言った。

「それより、司馬さんに電話を入れて、議員をこのラインから外してもらった方がいいのではないですか」

「いや、このままでいい。どういうわけか知らんが、台湾側はあの政治家を使えると判断しているんだろう。なら、近くにいてくれた方が情報を探れる。それにしても、不思議だな。魚釣島の陸兵の件は、知らない様子だったが」

「そんなヤバい話、政務官には報告しないでしょう。それと報告が入りましたが、海保の特殊警備隊（SST）が客船制圧作戦を強行するそうです」

「うわぁ、やっちゃうの？　特警隊じゃなくて」

「特警隊は、この後も出番が山ほど控えているということでしょうね。海保としては、客船が東京湾に入った後、乗員乗客が感染から逃れるため海に飛び込むことを阻止するため行動を起こすそうです。情報面での協力を求められています」

「わかった。あとで向こうの隊長に電話を入れておく」

それにしても、未だに魚釣島に上陸したのが特警隊なのか水機団なのかの確かな情報が入ってこない。

自衛隊から警察、海保まで、国内の治安組織の隅々にアンテナを張っているつもりだったのに、こんなことは珍しかった。


その日の午後、客船の中庭にあるライフ・オブ・ツリーの下で予定されていた演奏会は、急遽中止になっていた。バンドのメンバーに感染者が出たからだ。

代わりにＰＣＲ検査を受けて陰性だった者だけで編成されたプチ・オケ・メンバーが診療所のデ

ッキに集まり、中庭を見下ろしながら完全防護姿で短い曲を一曲だけ演奏した。

演目はエルガーの《エニグマ変奏曲》第9変奏「ニムロッド」。

演奏が終わると、是枝飛雄馬は、楽器をケースに入れて着替えると病室に戻った。

浪川恵美子には、NO吸入療法がはじまっていた。鼻腔呼吸なので会話はできるはずだが、喉が痛いらしく彼女は喋らなくなっていた。代わりにノートに文字を書く。〈私がいないと駄目ね〉と、まだ元気そうな様子だ。

是枝は楽器ケースを床に置いて、ベッド脇の椅子に座った。

「3・11の、あの春のことを覚えている？　河口湖のイベントが中止になった」

楽器メーカーや楽器店が主催する大学サークルの発表会が、毎年河口湖で開かれていた。

「春先は流れたけれど、夏に開かれた。あそこだったよね、最後に選抜メンバーでニムロッドを演奏して、犠牲者を弔った。あの時、君に初めて気づいた。だって、泣いてた。他にもあそこで泣いていた演奏者や聴衆は大勢いたけれどさ。あれから、あっという間に時間が流れたね」

ここで浪川がまたノートに書く。

〈私たちは、あれから立ち直った〉

「どうだろう。僕はプロオケを目指していたけど、コロナで採用がボツになり、君のソリストの夢も叶わなかった。国は傾き、音楽業界の厳しさは増すだけ……。食えてもいない。ただ必死に自転車を漕いで出前を届ける毎日。たぶん、この船が日本に着いたら、またそういう生活に戻る。音楽を続けるために、自転車を漕ぎ続けるんだ。きっと、またプロオケがいくつか潰れるよね。演奏の機会も減る……」

〈私は、娘のために生きたい！〉

「じゃあ、ゼリーを食べて？　五藤先生が言ってたよ。食事からでしか栄養はとれないって」

ベッドサイド・テーブルには、五個もゼリーが乗っていた。是枝はベッドを少し起こして、ゼリーのキャップを外してやった。

「それと、一応言っておくけれど、僕、子供は好きだよ」

ここで浪川は、掠れ声で「冗談はよして」と言って微笑んだ。

「話す機会が無かったけれど、僕も母子家庭で育ったんだ。それでも、音楽家になれたよ。食えないけどね。ああそうだ、今日は感染者が出てバタバタしてたけれど、明日はまたフル編成で演奏するって。だから、浪川さんのリクエストを聞いておいてだってさ」

浪川がこくんと頷いた。

「上陸したら……私も……自転車を、漕ぐわ。あの、四角い鞄を背負って、頑張る」

「オススメできないよ。とくに女性はいろいろなトラブルに巻き込まれて、不愉快な思いをするらしいし。そうだ、動画のチャンネルでも開こうか？　二人で演奏しよう」

「ライバル、が、多すぎよ」

是枝はわかったよと頷いた。

「のど飴、手が届くところに置いておくね。ナース・コールを押せば、本物の看護師さんがやってきてくれるから。僕は掃除とか、そういう楽な仕事をすることになったんだ」

だが、掃除も楽ではない。あっという間に防護衣やマスク、手袋でゴミ箱が一杯になる。汚染物質の処理は、きりが無かった。

その後診察室に顔を出すと、防衛医官の永瀬二佐と三宅医師が、一枚のレントゲン写真を睨んでいた。

「それ、浪川さんのじゃないですよね」

「これは、自衛隊の偉い提督さんの肺だよ。一気に悪化している。サイトカインストームが起こりはじめている。ステロイドやNO吸入療法もはじめているけど、効果が出ない。年齢なりに悪化しているな」

「じゃあ、ECMOすか」

「最後は、それしかないだろうね。でもテロ・グループが患者の搬送を許さないし、実は意識を失う前に、あの提督さんはわれわれにはっきり言ったんだ。ECMOは拒否する、最後はなるべく楽に逝かせてほしいって。患者の意志は、尊重したい」

是枝は、楽器ケースと消毒スプレーを持って最後尾の露天デッキに向かった。そこで楽器ケースを消毒してから、一度防護衣を着替えようとしたのだ。

下のデッキから、騒ぎ声がした。

耳をすますと、乗客と乗員が揉めているようだ。

現在、乗客が海に飛び込むことを阻止するため、各デッキの船尾で乗員が警戒している。今回の騒動は、どうやらこれのようだ。

結果、乗客が勝ったらしい。黄色い救命胴衣を着た老人が海面へジャンプし、海面から背後にいる巡視船に向かい大きく手を振った。

今朝から、こうした脱出者が後を絶たなかった。これで四、五人目だったはずだ。

海上保安庁は、感染しているかもしれない乗客をどう扱うのだろうかと是枝は思った。

慎昭林(シェンジャオリン)青年はマスクを二重に、医療用の手袋をした上でモニターの前に座っていた。そして

〝千里眼〟システムが照合不可能と判断した通行人――通称〝顔無し〟の動きを確認する作業に没頭していた。

簡単では無かった。表情だけではなく、歩いている時の様子が大事なのだ。それが人定に大きな影響を及ぼす。

それにしても凄いシステムだと、慎青年は感心した。これは映画のネタに使えるぞと思って、映像に表示されるデータの意味をいろいろと質問もした。

「……君、この経験を映画に撮るつもりだろう」

「ええ。でももちろん保衛局のエリート捜査官を主役にしますから。主演は、香港のイケメン俳優でどうでしょうか」

「駄目だ！」

横で見守る蘇躍警視はにべもなかった。

「君さ、時々画面に現れる、その赤いサークルの意味がわかる？」

「ええと……なんとなくはわかります」

「それは、回教徒警告だ。人相で回教徒と判断したら、注意を促すために赤い丸で囲まれる。秘密でも何でもない。そういうシステムを売り込むIT会社が来て宣伝していた。酷い人権侵害だと思うよ。私は、つい昨日までウルムチ支局にいた。ゲシュタポ司令部と陰口を叩かれているところだ」

「警視、そのくらいにしてくださいね。相手は民間人です」

秦卓凡警部が注意してくる。

「いいじゃないか。人民は知るべきだと思うよ。われわれが、あそこで何をやっているかを。一〇〇万にも及ぶ無垢な回教徒を収容所送りにして、毎朝毛語録を読ませ、共産党への忠誠を誓わせているんだ。抵抗を続ける連中は、いつの間にか行方不明になる。警部、君も一ヶ月ウルムチ支局に行けば、自分たちがどれほど馬鹿げた作業に熱中しているか理解できるよ。何なら、推薦状を書いてやろうか」

「いいえ。それには及びません。何というか、そういうところに行けば、ある種の心的外傷後ストレス障害（PTSD）は起こるだろうとは思います」

「そうだ。私には、カウンセリングの必要がある」

二人のやりとりを聞き流した慎は、上海駅の新幹線乗り場へと降りる長いスロープというか、エスカレーターの監視カメラを見ていた。そこにも〝顔無し〟が何人もいる。

ここで、エスカレーターの手すりを掃除している作業服姿の老人に目が止まった。

少し腰が曲がっていて、顔は俯きがちで、真正面からの映像はない。

慎は、しばらく迷った。心臓が今にも飛び出しそうだったが、極力表情には出すまいと努めた。彼はこの国を、いや、この腐った共産主義を滅ぼす鍵になるかもしれないのだ。

慎は、マウスをクリックして、何気なく次の監視カメラに移動しようとした。

だが、蘇警視は慎の緊張した気配を見逃さなかった。背後から肩に手を置くと「さて慎君、君は今、何に驚いたのかな」と耳元で囁いてきた。

「い、いいえ。気のせいだったかも……」

「いやいや、そんなことはないさ。さっきのエスカレーターの動画を見せて、われわれに教えてくれ。何を見つけたかを」

ここで、仕方無く動画を巻き戻した。

「……この、手すりを雑巾で拭いて掃除している老人です」

「確かに〝顔無し〟ではあるようだが、回教徒には見えない。そもそも老人だよな?」

「いいえ。これは老人ではありません。特殊メイクです。……非常に良くできたメイクですね。自分もプロだからわかります。特殊メイクのパテを貼っていくと、括約筋の動きが不自然になります。そもそも括約筋はありませんから。だから、下手をすると、死んだような表情になるんです。素人が特殊メイクをしても、マスクを被ったのと同じレベルのものしか作れない。彼の腕は、本当に凄いんです。まさにアーティストだ。でもこれは、表情が死んでいる。死人の顔です」

「ふん……。作り物だと言われて観察すれば、確かに不自然な感じがしないでもないな」

「警視！　彼は右手にスプレーらしきものを持っています」と、警部が注意を促してきた。

「……ああ、中身はもちろん、アルコールではないだろうな。清掃会社をあたろう。それと、この老人の行動を監視カメラで追え！　どこから現れて、どこに消えたかを。日没前に抑えるぞ！」

「でもこれ、もう全土に拡がった後なんじゃ……」

慎は恐る恐る言った。

「まだ手はあるさ。長距離列車に乗った利用者の身元と記録は全て残る。彼らに警告して、感染拡大を阻止すればいい」

蘇警視は、シンガポールのRTCN代表統括官・許文龍（シュウェンロン）警視正に電話を入れた。

「許、貴様の手柄にしろ。まだ端緒をつかんだだけだが、見通しは暗くないぞ。ただし、パンデミックは避けられないだろう」

一体何千人が、あの手すりを摑んで新幹線に乗り込んだのだろうと、慎は思った。

第八章　パンデミック

第一潜水隊群そうりゅう型潜水艦十一番艦〝おうりゅう〟（四二〇〇トン）は、台湾軍のゲストを乗せて台湾沿岸部から僅か三〇キロ東、深度二〇〇メートルを航行していた。ほぼ二時間おきにシュノーケル深度まで浮上して、外の様子に聞き耳を立てた。

台湾のラジオも、潜水艦〝海龍〟副長の朱蕙（チュフイ）中佐がモニターしていた。そのラジオ放送には、いざという時の決起のメッセージも織り込まれる手筈になっていた。

左営海軍基地は大きな被害を受けていた。司令部要員はほとんどが避難していたが、それでも一〇人が戦死した。

桟橋も被害を受けて、〝海龍〟が戻れる場所があるかどうかもわからない。

だが朱中佐は、そんなことはどうでもいいように、ぴだ。まるで宇宙船に招待された子供のように、ぴかぴかの艦内に興味津々のようだった。

「日本でも、ようやく女性隊員が乗り込めるようになったんですよね」

「そう、ようやくね。何しろ人手不足が酷すぎるので」

永守一佐が答えた。

「どんな感じなんですか」

「ああ、それは、聞かないでくれ。何にしても微妙な話になる」

発令所に、気まずい雰囲気が流れたことは事実だった。

「私、毎年、意見書を海軍司令官宛に書き続けたんです。うちは潜水艦で対抗するしかないし、潜水艦なら確実に解放軍に勝てると。でも、それは毎年誰にも読まれずゴミ箱に直行した」

「われわれは日陰者だ。部隊の中でも、理解を得るのは難しいね。国民も、見栄えがいいイージス艦や戦闘機にしか関心がない」

「どこも事情は同じなんですね。でも日本は、建造二〇年でスクラップにする潜水艦を二〇隻も運用して、まだ増やそうとしています。この牙を隠している。その気になれば、いつでも解放軍の艦隊を全滅できるのに」

「中佐は、解放軍が尖閣を取りにきたら、われわれも否応なく敵の艦隊を沈めると思っているだろうが、たぶんそんな命令は出ないだろうね。なぜかといえば、あそこは無人島だ。中国との関係をそこまで拗(こじ)らせて守るほどの価値も無いと判断するだろう」

「大佐殿も、同じ考えですか？」

「われわれは国防が仕事だから、それが無人島だろうが小さかろうが、守るべきものは守る。だがいざというときに、命を懸けて守れと命じるのは政治家だ。尖閣にその価値があるか？　微妙だね。三六五日、ずっと中国の海警艦が張りついて嫌がらせをしてくる。それを海保の巡視船で追い払う程度のことしかできない。これは、主権を行使していると言えるのか」

艦長の生方二佐が咳払いして注意した。

「おっと、政治的に微妙な話に立ち入りすぎたようだ。ところで私も微妙な話を聞きたいのだが、台湾は、どうして独立しないの？」

「ああ、それ、確かに微妙ですよね。別に話せないことでは無いのです。台湾人の本音としては、現状、たいした不都合はありません。大陸で稼ぐために独立はマズい。実質独立しているのだから、事を荒立てて大陸の利権を失うまでもないだろうというのが、国民の大半の意見でしょうね。ただ今回起こったことは、われわれはそれだけで満足していたのですが、中国はそうではなかったということです。独立気分を謳歌し北京に楯突くわれわれが許せなかったのですよ。あの国は最近、ますます狭量になっている。いずれ日本にも、とんでもない要求を突きつけてくるはずです。たとえば、南西諸島に配備している地対艦ミサイル。あれは中国人民の心を傷つけているから撤去せよ、とか」

「言ってくるだろうね。今でも似たようなことは言われているし。尖閣とかでも、とんでもなく理不尽なことを言ってくる」

ここで副長兼航海長の新藤荒太三佐が、解読が終わった暗号電のペーパーを持参して司令に手渡してきた。

「へぇ……そうなんだ。まあ、そうするだろうな。——朱中佐、面白いニュースが飛び込んできた。衛星情報だと、東沙島周辺を守っていた南海艦隊が撤退しはじめたそうだ」

「きっとこの艦が恐ろしいのでしょう」

「どうかな。東沙島は戦闘機だけで守れると判断して、後退したのかもしれない。基地の滑走路も修復されたようだし」

「でも、これで東沙島奪還作戦も可能になります。今度は自前の潜水艦で歩兵を運んで取り戻しますよ」

「その後は、どうやって守るのかな？」

「そう、ですよね。……聞かなかったことにしてください。疲労で頭が回らないようです」

「寝てていいよ。シーツくらい替えさせるから」

「いえ。私はたとえ迷惑でもここに踏みとどまり、全てを学び、記憶し、吸収して部隊に帰りますよ！」

この期に及んで、台湾軍が艦内で決起するとは誰も思っていなかった。

望ましい状況ではないが、政府が解決策を見つけるのだろう。そうなれば、このまま帰国してドック入りだ。

オーストラリアでの演習も過酷だったし、東沙島作戦では深く潜りすぎた。

艦には磁気も溜まっている。早くドック入りして、乗組員にも休暇を与えたかった。


蘇躍（スゥユエ）警視と秦卓凡（チィンチゥオファン）警部が乗った覆面パトカーは、上海随一の繁華街である南京東路の端に止まった。すでにパトカーが数十台出て、繁華街を封鎖している。

信じられないことに、まだ観光客がいた。外出禁止令が出ているのに、開いている商店もあり、買い物をしている住民もいる。彼らに対し、マスクをした制服警官が身分証を提示させ、一人一人確認していた。

「これは、一体どういうわけだ？」

「コロナ疲れと似たようなものでしょう。上海から出られないのであれば、その中で行動するしかないですからね。外出禁止令と言っても、医薬品や食料品の買い出しは許可されていますし」

監視カメラに記録された例の老人の足取りは、ここで途絶えていた。

この辺りにある簡易宿泊所に消えたか、あるいは変装を変えたか。今は人間の歩行パターンを読み取れるソフトが走っていた。顔ではなく、歩き方で探すものだ。

　警官らが、路地裏にある簡易ロッカーを片っ端から開けはじめる。

「例の歩き方ソフトなんだが」

「あれ、いけますよ！　世界中で同様のソフトが走っています。むしろ中国での採用は遅すぎたくらいですね。テロリストは変装します。でも、歩き方はひとつの癖です。そう簡単には変えられない」

　捜査用ドローンも飛びはじめた。監視カメラはあまりにも死角が多いし、カメラ自体は動けない。ドローンは、人間のほんの僅か頭上を飛び、片っ端から認証ソフトにかけながら移動するのだ。

　これで捜査をスピードアップできた。

「警部、君が例の奴なら、逃げ切れる自信はあるかね」

「いつも考えています。テロリストの立場になり、われわれの〝千里眼〟システムを欺いて移動するにはどうすればいいかを。ですが、映画のようにはいきませんね。このシステムの裏はかけません。ハミール・エジルは、たいしたものです。もう二日も逃げ回っている」

　結果、空振りだった。

　コインロッカーから出てきたものは、不法薬物とおそらく違法なドル札。そして偽の身分証の束に、ひからびた新生児の遺体だ。

　蘇は、警官を更に増やし、外周を二重三重に包囲して簡易宿泊所やホテルなどを一軒一軒ローラー作戦で潰させた。

　テロリストの写真は、あえて持たせなかった。敵は変装の達人なので、頰や額、髪の毛を引っ張って、剝がれないか確かめろとだけ命じた。

夕暮れが迫っている。

日没後は更に捜索が困難になるだろう。

だが、この人出の中での捜索も、また困難だった。


〝蛟竜突撃隊〟の一個小隊を率いる宋勤（ソンチン）中佐は、Z－18大型ヘリコプター二機に分乗して東シナ海上空を飛んでいた。

まずは大陸寄りに飛び、そこから超低空飛行で潜水艦の座標を目指す。釣魚台までは、一七〇キロある。

その辺りには東海艦隊の艦船が点在しているので、仮に日本側のレーダーで見えていたとしても、艦船への補給目的で飛んできたヘリに見えるはずだ。

洋上には赤い煙幕がたなびいている。ヘリは速度を落としてホバリング姿勢に入った。

コクピットの真後ろから前方を見ると、浮上した潜水艦の巨大なセイルが見えた。すでに回収用のボートが出ていた。

近くには小型艦もいて、より大きなランチも降りている。

まず、物資を詰めたコンテナを洋上に落とし、続いてウェットスーツ姿の兵士たちが海面に飛び降りる。そしてコンテナを引っ張って泳ぎ、ボートやランチに乗り移ってから潜水艦へと接近した。

中国がロシアから購入したキロ級通常動力型潜水艦の一二番艦〝遠征75〟号は、ロートルな艦が多い中国の潜水艦隊でも新しい艦だ。

宋勤は物資の積み込みを指揮し、最後に発令所に降りた。

「鉄義和（ティエイーホー）艦長、宋勤中佐以下、乗艦を許可願います――」

敬礼した相手は、昔、軍学校で一緒になったこ

とがあった。

「乗艦を許可する。――宋勤？　君は軍をやめたんじゃなかったのか、時々、現代日本海軍の研究論文で君の名前を見かけていたが」

「ああ、いろいろあってね。つい昨日、現役復帰した。それで、釣魚台まではどれぐらいかかる？」

「本当は明日の夜と言いたいが、急いでいるんだろう。飛ばして、夜明け前に上陸させよう」

「日本の潜水艦が当然潜んでいると思うが」

「ああ、いるだろうな。そこは、何とかするよ。まさか撃ってはきまい。東沙での顚末は聞いたが、私なら彼らを甘くみるようなことはしない」

「とにかく、よろしく頼む。われわれは上陸までに作戦をいろいろ練る必要がある」

「部屋は好きに使ってくれ。――潜航用意！　みんな、バッテリーが涸れるまですっ飛ばすぞ！　とはいえ日本の哨戒機を撃墜したことで、向こうも殺気立っている。何事も慎重にだ」

潜水艦はただちに潜航したが、しばらくはシュノーケル航行だった。

この潜水艦の性能だと、完全に潜航してから最高速度で走れるのは一時間か二時間が限界だろうと宋は思った。


土門康平陸将補は、上着だけ着替えて車から降りた。浅草橋の、屋形船が繋がれている辺りだった。

お世辞にも流行っているようには見えない中華料理屋には「準備中」の札がかかっている。

土門は、その店が一年中「準備中」の札をかけていることを知っていたので構わず入った。

店内には、テーブルもあれば厨房もある。どういう客層かはわからないが、それなりに客が入る日もあるようだ。

店の女将に目配せして奥に進むと、衝立(ついたて)に囲われたテーブルに座っている者がいた。

孔良(コンリャン)は、そろそろ九〇歳になるはずだと土門は思い出した。だが未だに眼光鋭く、人を寄せ付けない雰囲気は健在だ。

この老人は、日台関係のキーパーソンだ。孔子(こうし)の直系だという噂があったが、事実かどうかは誰も知らない。

土門は「ご無沙汰しております」と一礼して腰掛けた。

「そろそろしびれを切らして現れる頃だと思っておったよ」

老人は、全く訛(なま)りのない日本語で喋った。

「率直にお尋ねします。あの鉄砲玉は何ですか」

老人は、ほっほっと歯がない顔で笑った。

「鉄砲玉は失礼じゃろ。あれでも立派な選良だぞ」

「私が介入することではないかもしれませんが、潜水艦の件はまずかった」

「あれはさすがに、一線をこえた。落としどころは難しいじゃろ」

「司馬の件もです。そろそろ日本に返していただけませんか」

「君らは誤解しとるが、光ちゃんがあそこにいるのは人質としてではない。あれは、日台関係のつっかえ棒じゃよ。光ちゃんが台湾にいることで、彼らは安心して眠れる。自分たちは見捨てられていないとな」

「申し訳ありませんが、情け容赦なく見捨てますね。日本にとって最重要なのは、日中の関係です。今も昔も。一〇〇〇年前から中国との関係が日本にとって最重要なのです。失敗はできない」

「それは、台湾にとっても同じじゃよ」

「……北京がどこまでやるのかご存じですか」

「知っている。彼らは、最後までやり抜く覚悟だ。香港の次は台湾。アメリカが弱っているうちに、一気呵成にやり抜く。一切の逡巡無く、犠牲もいとわずやり抜くぞ。台湾は、泥沼の地上戦を繰り広げる羽目になるし、東沙島や尖閣どころではない。お前さんは、部隊を率いて基隆（ジーロン）に上陸することになる」

「そんなことにはなりません、絶対に」

土門は、絶対にあり得ないという顔で首を横に振った。

「実のところ、私は心配はしとらん。台湾は、焼け野原になるだろう。一時的にな。だが、日本からの物心両面の援助は、決して途切れることはない。われわれは、日本という後方の策源地を頼りに戦い続けることになる。大陸の策源地も広大だが、何しろ日本という策源地の背後にはアメリカが控えている。その戦争が終わった後には、われわれは堂々と独立を宣言できるだろう。疲弊した中国は、今度こそ共産主義が倒れるかもしれん。まあ、そこまでの期待はもつまいとは自制しているがね」

「共産中国は、もっと狡猾で冷静に振る舞うと思いますけれどね」

「今の彼らに、その冷静さは無いだろう。中華帝国は、自由主義陣営が混乱して分裂している隙に、世界を手に入れたのだ。経済、軍事、科学。欲しい物はなんでも手に入れた。何でも買える。その行動原理に染まった奴らが、冷静さなど身につけるはずもない」

「そう仰いますが――」

老人は、ここで黙れと、人差し指を立てた。

「最近の西側は、皆同じだ。日本も、アメリカも、みんな同じ発想。楽観論と希望的観測で中国を見誤る。そうは言っても、彼らは道徳的に行動するだろう、世界のルールを守るだろうとな。彼らは、一つでも約束を守ったか？　世界を恫喝し、嫌われても揺るがない。君らがつけ上がらせたのだ」

だが、土門は無言のまま首を横に振った。

「ふん、いいか、警告しておく。戦争に備えよ！　国家存亡を懸けた戦争に備えよ。これは総力戦になるぞ。台湾は、フロント・ラインとして踏みとどまる。決して屈服はしない。君らは、アメリカとともにその戦争を支援するのだ。血を流さずに済むと思うな」

「それなりの準備はしましょう。しかし、まずは外交的努力です」

「ひとつ教えてやろう。魚釣島に上陸した部隊だが、あれは水機団でも特警隊でもない。——君がよく知っている連中だよ」

「はあ……？」

老人は、もう行けと手を払った。

わけがわからなかった。いったい自分が知っているどこのどんな部隊が上陸したというのか。

車に戻ると、ハンドルを握っているヤンバルこと比嘉博実（ひがひろみ）三曹に話しかけた。

「なあ、久々に都会に出てきたんだ。どこかで飯でも食って帰らないか」

「この時間帯、駐車場を探すのは大変ですよ」

「いや、お前さんは車で流していればいい。俺だけ降りるからさ」

「了解です。習志野へ直帰します！」

観光地のイルミネーションや喧噪が眩しい。コロナ禍では、ここもゴースト・タウンのようになったはずだ。

戦争と、また再び疫病が見舞ったら、コロナ禍でのものとは、比べようが無いものになると、土門は思った。

エピローグ

蘇躍(スウユエ)警視と秦卓凡(チィンチゥオファン)は、南京東路から西へ走り、上海博物館へ向かってローラー作戦を継続していた。

すっかり暗くなった。この辺りは、上海的といえる町並みが続く。最近できた高層アパートの間に、昔ながらの弄堂(ロンタン)がある。

どうしてこんなものが二一世紀に放置されているのか蘇には理解できなかった。地上げを行い高層ビルを建てれば、土地を有効利用できるのに。

「もうこの辺りにはいないのでしょう。いったん引き揚げて、明日に備えませんか」

秦警部が提案してきた。

「なぜだ？ そこら中に監視カメラがあって、〝顔無し〟警報が出るたびに警官が髪の毛を引っ張って頬をつねっているのに、なんで奴は見つからない？ 部屋の中までしつこく捜索しているのに……。それに、歩き方だってリアルタイムで分析しているんだろう？ それは上海で今外出している人間全てを分析している。例外はないはずだ」

「とにかく、もう暗すぎますよ」

「監視カメラは暗視モードでも人相を識別できるぞ」

周囲ではいたるところで警官のマグライトの光芒(こうぼう)が交錯していた。

さすがに暗い今は、外に出ている人間も少ない。今この街で見つかるのは、警官と犯罪者だけだろう。

それでも何度か警官が笛を鳴らしていたが、全て空振りだったようだ。

「……仕方無い。今夜は引き揚げて、また明日から出直そう。戦略を練り直してな」

「はい。大通りはどっちですかね」

弄堂の細い路地を歩く。ひっそりと静まりかえっていた。

通りを曲がった時、年配男性とすれ違う。普段着でサンダル履き、そして黒いマスクをしていた。近所の住民だろう。

どこかで見たような気がする。だが、マスクのせいで顔がよく見えない。

すれ違った瞬間、男性が小さなザックを背負っていることに気づいた蘇警視は「あなた、ちょっと」と振り返って呼びかけた。

「はい」と男は素直に応じて振り返り、そしてマスクを外した。

彼の顔を見た秦警部が驚いて仰け反った。

「こ、これは……同志閣下！」

その顔は、紛れもなく人民の誰もが知っている人物のものだった。

どうりで〝千里眼〟システムに引っかからないはずだ。歩き方分析でもわからない。〝顔無し〟でもない。なぜなら、これは除外リストだからだ。監視カメラで追跡してはまずい顔――。

だが、なぜこの男はわざわざマスクを外したのか……。

「下がれ、下がれ。ハミール・エジル！　動くな――」

二人は、一気に一〇メートル近く後ずさった。

そして秦警部が笛を吹きながら、もどかしそうにピストルをホルスターから抜く。

ハミール・エジルは、背負っていたザックの中に手を入れスプレーを右手に持つと、こちらへじりじりと近づいてくる。その分、二人も同じ距離を下がった。

路地の反対側から警官隊が向かってくる。

「撃つな！　誰も撃つなよ！」

「警視、あのスプレーは、プラ製じゃなくてガラスです」

マグライトが反射している。確かにガラス製のようだ。

「国家の要人なんて撃てませんよ」

「馬鹿！　あれはただのテロリストだ。だが、どっちにしても撃つなよ」

エジルは更に近づいてきた。

「ハミール、話し合おう。こんな場所で死ぬ必要はない。君はもう目的を達したのだろう？　なら、これ以上の拡散は不必要なはずだ！」

だがエジルは構わずガラス瓶を投げつけようと右腕を上げる。そこで秦警部はピストルの引き金を引いた。

二発命中し、ボトルがコンクリの地面に落ちて割れた。液体が派手に飛び散って、マグライトの光に照らされる。

「下がれ、下がれ！　みんな、絶対に近づくな。除染班を呼べ」

住民らが窓を開けはじめたので、蘇警視は秦警部のピストルを奪うと、空に向けて続けざまに四発発砲した。

ハミール・エジルの戦いは、ここで終わった。

だが中国のパンデミックは、はじまったばかりだった。

是枝飛雄馬は、豪華客船〝ヘブン・オン・アース〟の診療所があるデッキの船尾露天甲板にいた。太平洋に長く延びた航跡を背にして、一人でバイオリンを演奏している。聴衆は一人。防護衣を着た五藤彬が、時々舟を漕ぎながら座っていた。

演目は、バッハの無伴奏パルティータ2番。無伴奏曲は、無心になれるから好きだった。テンポから自分で決められる。

これは、自分だけの旋律だ。

客船の船尾が夕陽に照らされて、そのオレンジ色の煌めきが中庭へと真っ直ぐ差し込むと、ライフ・オブ・ツリーを照らしていた。

海に身を投げようとする乗客が、これで思いとどまってくれればいいと、是枝は思った。

中庭へと差し込む夕日をまとい、誰かが診療所から駆け出てきたようだ。声が聞こえて、是枝はふと視線を向けた。

原田だった。原田が、何かを叫んでいた。

「先生、先生！　患者が――」

それは、アメリカ東部が夜明けを迎えた早朝にネットにアップロード、公開された。ヨーロッパはちょうど昼間だった。

ナジーブ・ハリーファが、客船の自室から喋っている動画だ。

豪華な内装、そして大海原を背景に、洗練された英語で、カメラ目線で喋っていた。パブリシティの訓練を受けた人間のスピーチだった。

私は、ハリーファ＆ハイガー・カンパニーの元CEOだ。今現在、この豪華客船を支配している。指揮している。われわれの目的を公開する時がきた。

私は、アラブの経済人として、これまでアラブ社会や世界に尽くしてきた。世界の富裕層に富を与え、また貧者には施しも与えた。我が人生に悔いはない。もう十分に生きた。良いことも、悪いこともした。

さて、諸君。世界は病んでいる。文字通り、疫病が世界を支配し、民主主義世界は分断され、混乱を極めている。その隙に、中国という帝国が誕生した。残念ながら、二一世紀にこう言わねばならない。共産主義という化け物が、世界を徘徊していると――。

そして疫病が世界を飲み込み、支配しようともしている。民主主義を打倒し、駆逐し、屈服させようとしている。そして何より、我らが同胞であるウイグル族を弾圧し、一〇〇万もの回教徒を収容所送りにしている。その現実を世界は無視し、沈黙し、チャイナ・マネーに群がっているのだ。

世界がこの疫病と闘おうとしないなら、私がこの疫病を、疫病でもって打倒する。私はここに、共産中国という人類の疫病に戦いを挑み、滅ぼすことを宣言しよう。

世界よ、アラブの同胞よ！　君たちも巻き込まれることを覚悟するがいい。これは、この世界で起こっているジェノサイドに目を瞑り、口を閉ざしたツケなのだ――。

〈四巻へ続く〉

ご感想・ご意見は
下記中央公論新社住所、または
e-mail：cnovels@chuko.co.jpまで
お送りください。

C★NOVELS

東シナ海開戦3
――パンデミック

2021年1月25日　初版発行

著　者　大石英司

発行者　松田陽三

発行所　中央公論新社
〒100-8152　東京都千代田区大手町1-7-1
電話　販売 03-5299-1730　編集 03-5299-1930
URL http://www.chuko.co.jp/

DTP　平面惑星

印　刷　三晃印刷（本文）
大熊整美堂（カバー・表紙）

製　本　小泉製本

Published by CHUOKORON-SHINSHA, INC.
Printed in Japan　ISBN978-4-12-501425-8 C0293